가네코 미스즈 전집 2

억새와 해님

가네코 미스즈 전집 2

억새와 해님

이 책은 2014년도 국제교류기금 번역출판조성프로그램에 선정되어 조성금을 교부받아 번역 · 출판된 도서입니다.

JAPANFOUNDATION 国際交流基金

한국어판 『가네코 미스즈 전집』 출판에 부쳐

동요는 시입니다.

리듬이 있는 시입니다.

누구나 알 수 있는 말로 쓴 시입니다.

어린이부터 노인에 이르기까지, 3세대가 공유할 수 있는 시입니다.

가네코 미스즈(金子みすゞ)의 동요는 읽는 사람의 인생관, 종교관, 우주관의 깊이와 넓이에 따라 보다 깊게, 보다 풍부하게 읽을 수 있는 멋진 시입니다.

**

가네코 미스즈, 본명 가네코 데루(金子テル)는 1903년 4월 11일 야마구치현 오쓰군(山口縣大津郡), 지금의 나가토시 센자키(長門市仙崎)에서 아버지 가네코 쇼노스케(金子庄之助), 어머니 미치의 장녀로 태어났습니다. 2년 후 남동생 마사스케(正祐)가 태어나 가네코 집안은 아버지, 어머니, 할머니 우메, 오빠 겐스케(堅助), 여섯 식구였습니다. 1906년 아버지 쇼노스케가 세상을 떠나고 일할 사람이 없어진 가네코 집안은 시모노세키의 인척이 운영하는 서점 우에야마분에이도(上山文英堂)의 도움으로, 오쓰군에 단 하나뿐인 서점 가네코분에이도를 시작했습니다. 동생 마사스케는 시모노세키의 우에야마분에이도에 양자로 들어갔습니다. 그래서 가네코 집안은 네 식구가 되었습니다. 어진 어머니 미치와 신앙심이 두터운 할머니 우메 덕분에 언제나 밝고 따뜻한 가정을 이룰 수 있었습니다.

1920년 오쓰여자고등학교를 졸업한 가네코 미스즈는 1923년 4월부터 시모노세키 우에야마분에이도의 작은 지점의 점원으로 일하기 시작합니다. 이 무렵부터 당시로서는 무척 새로운 형식으로 어린 사람도 읽을 수 있는 언어로 시, 동요를 썼습니다. 이후 잡지 『동요』를 중심으로 작품을 투고하여 일본을 대표하는 시인 사이조 야소(西條八十)로부터 '젊은 시인 중의 거성'이라는 칭송을 받아 당시의 투고 시인들이 동경하는 별이 되었습니다.

그러나 그사이 결혼한 미스즈의 생활은 그다지 행복하지 못했고, 1930년 3월 10일 사랑하는 딸 하나를 남겨 둔 채 스물일곱의 젊은 나이에 세상을 떠났습니다. 그리고 1984년 2월 『가네코 미스즈 전집』이 출판되기까지 반세기 이상이나 가네코 미스즈는 '환상의 동요시인'으로서, 극히 일부 시인 사이에서만 몇 편의 작품과 함께 이야기되는 정도일 뿐 많은 사람 앞에서는 자취를 감추었습니다.

**

내가 처음으로 가네코 미스즈의 작품 「풍어」를 만난 것은 1966년 대학 1학년 때였습니다. 『일본동요집』(이와나미문고) 속에 단 한 편, 미스즈의 「풍어」가 수록되어 있었습니다.

풍어

아침놀 붉은 놀
풍어다
참정어리
풍어다.

항구는 축제로
들떠 있지만
바닷속에서는
몇만 마리
정어리의 장례식
열리고 있겠지.

「풍어」를 처음 읽었을 때, 이 책에 실려 있는 다른 모든 작품은 사라져 버릴 만큼 충격을 받았습니다. '풍어'라고 하면 큰 기쁨으로만 생각하던 나에게 "바닷속에서는/ 몇만 마리/ 정어리의 장례식/ 열리고 있겠지"라는 정어리의 입장에서 본 '풍어'를 보여 주었기 때문입니다. 거기에는 자기 중심의, 인간 중심의 시선을 완전히 뒤집는 선명하고 강렬하며 아름다운 시선이 있었습니다. 미스즈의 작품을 더 읽고 싶다. 미스즈는 어떤 사람일까? 이 한 편의 작품 「풍어」와의 만남이 나를 미스즈 찾기의 긴 여정으로 내달리게 했습니다.

그로부터 16년이 지난 1982년 6월, 나는 드디어 미스즈의 남동생 우에야마 마사스케를 만났습니다. 그는 미스즈의 자필 유고 동요집 세 권과 사진 등을 소중하게 보관하고 있었습니다. 동요집 세 권에는 각각 '아름다운 마을',

'하늘의 어머니', '쓸쓸한 공주님'이라는 타이틀이 붙어 있었고 목차에 ○표시가 있는 발표작 90편을 포함한 512편의 작품이 잠자고 있었습니다.

1984년 2월 28일 이 세 권의 유고 동요집을 바탕으로 한 『가네코 미스즈 전집』이 JULA출판국에서 간행되어 그로부터 '환상의 동요시인 가네코 미스즈'의 소생이 시작되었습니다. 이후 선집, 동요 그림책, 평전 등 가네코 미스즈에 관련된 서적이 연이어 출판되어 조용히, 그러나 확실하게 일본 속으로 퍼져 나갔습니다.

그로부터 30년. 갖가지 잡지에 가네코 미스즈 특집이 실리고 그 작품과 생애가 텔레비전 드라마와 영화와 연극의 소재가 되었으며, 3회에 걸쳐서 성대한 「가네코 미스즈전」이 전국을 순회하였고 교과서에도 실렸습니다. 동일본대재해 때에는 기도문으로 미스즈의 시 「메아리신가요」(한국어판 『가네코 미스즈 전집 2』 수록)가 텔레비전 광고로 전 일본에 흘러 나갔습니다. 지금은 일본에서 가네코 미스즈의 이름과 작품을 모르는 사람이 거의 없습니다. 전집을 발행한 해에 출판된 선집 『나와 작은 새와 방울과』(도서출판 소화 간행)는 100쇄를 넘겼습니다. 또 전 세계 11개국의 언어로 번역되어 출판되고 있습니다.

**

이렇게 놀라울 정도로 세계로 확산되는 것은 가네코 미스즈의 깊은 시각과 언어의 힘으로 생각됩니다.

물고기를 노래할 때에는 물고기에 다가서고, 꽃을 노래할 때에는 꽃에 다가서고, 돌을 노래할 때에는 돌에 다가서는 미스즈의 동요를 읽을 때 누구나 자기중심, 인간중심의 시각에서 풀려나 모든 이가 본래 갖고 있는 부드럽고 아름다운 시각을 떠올릴 수 있기 때문이 아닐까요. 이것이 국경을 넘어 세계로 퍼져 나가고 있는 큰 이유일 것입니다.

바꾸어 말하면 우리는 자신도 모르게 자기중심, 인간중심이 되어 나를 나로 존재하게 해주는 소중한 당신을 나보다 아래에 놓고 '나와 당신'이라고 생각하기 마련입니다만, 미스즈의 작품을 읽으면 그 위치가 바뀌어서 '당신과 나'로 모두가 소중하다는 시각을 깨닫게 됩니다. 이 '당신'에는 생명이 있는 것도, 생명이 없는 것도, 무기물도 포함됩니다. 모든 것은 지구라는 별에 함께 태어난 아름다운 가족입니다.

가네코 미스즈가 세상을 떠나고 75년이 되는 2015년, 미스즈의 전 작품이 서승주 씨에 의해 한국어로 번역되어 출판되는 것은 『가네코 미스즈 전집』 출판에 관여해 온 우리에게 너무나 큰 기쁨입니다. 그러나 그 누구보다도 가네코 미스즈 자신이 기뻐하고 있을 거라고 생각합니다. 서승주 씨에게 진심으로 감사드립니다.

2015년 새봄을 앞두고

야자키 세쓰오(矢崎節夫)

차례

팽이 열매

이로하 가루타

하늘빛 꽃

온 세계의 임금님

억새와 해님

등자나무꽃

하늘색 돛

센자키 팔경

고래잡이

파도의 자장가

일러두기

1. 이 전집은 원저 『金子みすゞ全集 I~III』을 두 권으로 구성한 것이다. 전집의 1권은 원저 I권 『아름다운 마을(美しい町)』 전체와 II권 『하늘의 어머니(空のかあさま)』의 146쪽 「달빛(月のひかり)」까지 수록하였으며, 전집 2권은 원저 II권의 147쪽 이후와 III권 『쓸쓸한 공주님(さみしい王女)』 전체를 수록하였다.
2. 차례에서 * 표시가 있는 시는 가네코 미스즈의 시집 『나와 작은 새와 방울과』(도서출판 소화)에 수록되어 있다.
3. 일본어 표기는 국립국어원의 외래어 표기법을 따랐다.
4. 일본어 인명 · 지명 · 문화재 이름 등 고유명사는 일본어로 표기하는 것을 원칙으로 하고, 의미를 이해하는 데에 도움이 되도록 한자를 병기하였다.
5. 우리말로 옮기기 어려운 음식 이름, 놀이 등 일본의 고유문화를 나타내는 말은 일본어를 그대로 사용하고 주를 달아 설명하였다.

팽이 열매

비오는 날

색종이를 들판 가득
뿌립시다.
시든 들판 봄으로
바꿉시다.

색종이 싹둑싹둑
오렸습니다.
내일은 화창한 날씨
되었음, 하고.

색종이를 해거름에 누군가
버렸습니다.
깜빡하고 은행 줍기
하는 사이.

설날

다함께 쌍륙놀이• 하려고,
모두의 볼일 끝날 때를,
기다리고 있는 동안은 쓸쓸해.
　　머언 먼 들판에서
　　남자애들 목소리 들린다.

대문 내리고 병풍 세우고,
어둡고 어두운 집 안,
산처럼 외롭구나.
　　얼어붙은 밖에서 달가닥달가닥하고
　　추운 나막신 소리 들린다.

어제는 밤을 기다리다 지쳤고,
오늘 아침도 강동강동 꼬까옷 입었지만,
설날이란 쓸쓸한 것이구나.
　　언닌 학교에 가 버리고
　　어머닌 볼일이 아직도 끝나지 않고.

• 여러 사람이 편을 갈라 차례로 두 개의 주사위를 던져 나오는 사위대로 말을 써서 먼저 궁에 들여보내는 놀이. 스고로쿠(双六).

웃음

그것은 예쁜 장미색으로
겨자씨보다도 조그마해서
넘쳐흘러 땅 위에 떨어졌을 때
짝, 불꽃이 튀어 오르듯
커다란 꽃송이가 피어나지요.

만약에 눈물이 흘러내리듯
이런 웃음 흘러넘치면
얼마나, 얼마나, 아름다울까요.

봄의 베틀

딸각, 딸각, 딸그락하고
사호 공주님•은
옛날에 베를 짰습니다.

보리를 초록으로,
유채를 노랑으로,
자운영을 빨갛게,
안개꽃을 하얗게,
오색실
넷까지 쓰고,
남은 것은
파란색뿐.

딸각, 딸각, 딸그락하고
사호 공주님은
그걸로 하늘을 짰습니다.

• 봄을 관리하는 봄의 여신.

꿈에서 꿈으로

난쟁이는 어디에 있나.
난쟁이는 몸이 가벼워,
꿈에서 꿈으로 날아서 건너죠.

그래서 낮에는 어디에 있나.
낮에도 꿈꾸는 아이들의,
꿈에서 꿈으로 날아서 건너죠.

꿈꾸지 않을 때는, 어디에 있나.
꿈꾸지 않을 때는, 모르죠,
꿈꾸지 않을 때는, 없으니까.

폭풍의 밤

울부짖는 바람
포효하는 파도.
그 기슭에서
등대지기의 혼잣말.

이 속에
이 밑에,
지금도 진주가 있을까.

바람의 소용돌이
구름의 소용돌이.
그 위에서
푸른 별의 혼잣말.

이 속에
이 밑에,
어젯밤의 꽃봉오리 피어날까.

금붕어 무덤

어둡고 쓸쓸한 땅속,
금붕어는 무엇인가 들여다보고 있다.
여름 연못의 물풀 꽃과,
흔들리는 빛의 환상을.

고요하고 고요한 땅속,
금붕어는 무엇인가 듣고 있다.
가만히 낙엽 위를 지나가는,
밤의 가랑비 발자국 소리를.

차갑디 차가운 땅속,
금붕어는 무엇인가 생각하고 있다.
금붕어 아저씨 짐 속에 있던,
옛날 옛적의 친구를.

재

꽃피우는 할아버지,• 재 덩어리,
소쿠리에 남은 재 덩어리,
난 좋은 일 하거든.

벚꽃, 목련, 배, 자두,
그런 것들에겐 뿌리지 않아,
어차피 봄에는 피어나거든.

한 번도 빨간 꽃 피지 않는,
보잘것없어 보이는, 숲의 나무에,
재를 몽땅 뿌리거든.

만약에 멋지게 피어난다면,
얼마나 그 나무는 좋아할까,
얼마나 나도 좋을까.

• 일본의 옛날이야기의 하나. 정직한 할아버지가 신기한 강아지의 도움으로 보물을 얻기도 하고 고목에 꽃이 피게 하기도 하여, 영주로부터 상을 받는다는 이야기. 또는 그 주인공.

개

우리 집 달리아 핀 날에
주막집 검둥이는 죽었습니다.

집 앞에서 놀고 있는 우리들에게,
언제나, 화를 내는 아주머니가
흑흑 흐느끼고 있었습니다.

그날, 학교에서 그 일을
재밌는 듯, 이야기하곤,

문득, 쓸쓸한 맘 들었습니다.

풀이름

남들이 아는 풀이름은
난 하나도 몰라요.

남들이 모르는 풀이름을
난 얼마든지 알고 있죠.

그건 내가 지었거든요,
좋아하는 풀에겐 좋아하는 이름을.

남들이 알고 있는 풀이름도
어차피 누군가가 지은 거죠.

진짜 이름 아는 건
하늘의 해님뿐이죠.

그러니까 난 부르지요,
나 혼자서만 부르지요.

팽이 열매

빨갛고 쪼그만 팽이 열매야
달곰하고 떨떠름한 팽이 열매야.

손바닥 위에 팽이 열매
한 개 돌리고 한 개 먹고
다 없어지면 또 찾지요.

혼자이지만, 야산에
빨간 그 열매 셀 수도 없이
가시덤불 그늘 속에 숨어 있어서,

혼자이지만, 야산에서
팽이 돌리면 해도 기울죠.

폭풍우경보•

저녁노을 속에,
폭풍우경보가 빨개요.
폭풍우경보 아래에선,
송아지가 놀고 있어요.

벌써 언제부터인가,
올라갔을 뿐이지요.
아무도 소문도,
수군거리지 않게 되었죠.

저녁노을 하늘에,
폭풍우경보는 빨개요.
언젠가 올,
언젠가 올 거친 폭풍우를 알리지요.

• 사이렌이 없던 시대, 모두에게 알리기 위해 깃발을 세우거나 풍선을 띄워 올렸다. 빨강은 위험의 신호이다.

자운영 잎사귀의 노래

꽃은 뜯겨서
어디로 갈까

여긴 푸른 하늘 있어
노래하는 종달새 떠 있지만

저 즐거운 듯한 나그네의
가는 곳이
생각이 난다

꽃대를 더듬는
저 사랑스런 손들 중에
나를 뜯는 손은 없을까

새털이불

따뜻해 보이는 새털이불,
누구에게 줄까,
밖에서 자는 강아지에게 주자.

"나보다도" 하고 강아지가 말한다.
"뒷산의 소나무,
혼자서 바람 맞고 있어요."

"나보다도" 하고 소나무가 말한다.
"들에서 잠자는 마른 풀은,
서리 옷 입고 있어요."

"나보다도" 하고 풀이 말한다.
"연못에서 잠자는 새끼 오리는,
얼음 이불 덮고 있어요."

"나보다도" 하고 오리가 말한다.
"눈의 창고 속 별님,
밤새도록 떨고 있어요."

따뜻해 보이는, 새털이불,

누구에게 줄까,

역시 내가 덮고 자자.

별의 개수

열 개밖에 없는
손가락으로,
별의
개수를,
세고
있어요.
어제도
오늘도.

열 개밖에 없는
손가락으로,
별의
개수를,
세면서
걸어가요.
언제언제
까지나.

밤눈

함박눈, 가랑눈,
눈 내리는 거리를,
장님이 한 명,
아이가 한 명.

밝은 창에서
피아노가 노래해요.

장님이 듣지요,
지팡이 멈추고.
함박눈이 쌓여요,
그 손 위에.

아이가 보지요
밝은 창을.
함박눈이 장식해요,
단발머리를.

피아노가 노래해요
마음을 담아서,
두 사람을 위해서,

봄날의 노래를.

함박눈, 가랑눈,
팔랑팔랑 춤춰요,
두 사람 위에
따뜻하게, 아름답게.

소매

소맷자락 유카타는
기분이 좋아
나들이 가는 기분이 들죠.

박꽃이
환하게 핀 뒤뜰에 나가
가만히 춤 흉내 내어본다.

둥둥, 두들기고, 손을 넣고
누군가 왔나 하고, 살짝 본다.

쪽풀 향기 싱그러운
유카타• 소맷자락은
기분이 좋아.

• 목욕 후 또는 여름철에 평상복으로 입는 두루마기 모양의 긴 무명 홑옷. 옷고름이나 단추가 없고 허리에 띠를 두른다. 목욕옷, 욕의.

쓸쓸할 때

내가 쓸쓸할 때,
남들은 모르거든.

내가 쓸쓸할 때,
친구들은 웃거든.

내가 쓸쓸할 때,
엄마는 다정하거든.

내가 쓸쓸할 때,
부처님은 쓸쓸하거든.

삼나무

"엄마 난 무엇이 될까요?"
"언젠가 큰 나무 되지요."

아기 삼나무는 생각해요.
'큰 나무 되거든, 그렇게 되거든
고갯길 백합 같은
커다란 꽃 피우고
산기슭 덤불 속 꾀꼬리의
아름다운 노래도 배우고…….'

"엄마, 큰 나무 되었어요.
그리고 난 무엇이 될까요?"
삼나무의 어미나무 이제 없어서
산이 대답했어요.
"엄마 같은 삼나무 되지."

금을 좋아하는 임금님

금을 좋아하는 임금님의
궁전은 금이 되었어요.

임금님의 손이 닿을 적에,
장미도 남김없이 금이 되었어요.

임금님의 손이 안을 때에,
공주님마저, 금이 되었어요.

임금님의 손이 닿는 곳 어디나,
세상은 모두 금이 되었어요.

그렇지만, 그렇지만,
그때에도,
하늘은 역시 파랬습니다.

의자 위

바위 위,
둘레는 바다,
바닷물은 가득.

어이, 어이,
난바다 돛단배
불러도, 더욱,
머얼리, 머얼리.

날은 저물어,
하늘은 높고,
바닷물은 가득…….
　“이제 그만, 밥 먹자.”
아, 엄마다.
바위 의자에서
기운차게,
바다 방바닥으로
뛰어내린다.

보은법회•

'보은법회' 있는 밤은 눈 올 무렵,
눈이 없어도 어두울 무렵.

어두운 밤길 절에 닿으면,
무척 큰 촛불과,
무척 큰 화로로,
환하고, 환하고, 따뜻해.

어른들은 조용조용 이야기하고,
아이들은 떠들면 꾸중 듣는다.

그렇지만 밝고 왁자지껄해서,
친구들과 모두 모여,
무엇인가 하지 않을 수 없어.

밤이 깊어 집에 돌아와도,
왠지 즐거워, 잠이 오지 않아.

• 불교에서 각 파가 조사(祖師), 선사(先師)의 기일에 보은을 위해 베푸는 법회.

'보은법회' 있는 밤은 밤중에도,

딸각딸각 나막신 소리가 난다.

연꽃과 닭

진흙탕 속에서
연꽃이 핀다.

그걸 하는 건
연꽃이 아니다.

달걀 속에서
닭이 나온다.

그걸 하는 건
닭이 아니다.

그걸 난
깨달았다.

그것도 나의
덕이 아니다.

순례와 꽃

좀 비켜주세요,
좀 비켜주세요.

순례하는 아이는 지나갈 수 없어요.

꽃집 가게입니다,
봄날의.

좀 비켜주세요,
좀 비켜주세요.

순례하는 아이는 이름도 모르는,
서양 꽃을 보고 있어요.

노래도 부르지 않고,
숨을 죽이고.

저물녘

"저녁놀 붉은 놀"
노래 그치고,
문득 조용해진 우리들.

아무도 돌아가자 말하지 않지만.

집의 등불이 그립다,
반찬 냄새도 그립다.

"개구리가 우니까 돌아가자."
누군가 한마디 한다면
모두 뿔뿔이 돌아가겠죠,

그렇지만 좀 더 큰 소리로
떠들어 보고 싶은 기분도 들고,

야산, 작은 산, 저물녘은,
왠지 쓸쓸한 바람이 분다.

석류

밑에서 아이가
"석류 씨,
익거든 저한테 주세요."

위에서 까마귀가
"바보 녀석 아니야.
내가 먼저
받을 거거든."

빨간 석류는
말도 없이 뚱하니,
아래로, 아래로,
늘어진다.

소라네 집

바다의 새벽녘, 모랫길,
똑똑, "우유입니다,
돌고래 우유 둘까요?"

바다의 한낮, 해송 가로수,
"호외! 호외!" 짠짜라 짠,
"고래, 방어 그물에 걸리다."

바다의 깊은 밤, 바위 그늘,
똑똑, "서둘러야 돼, 빨리 열어라,
전보요! 전보요!" 안방샌님.

감기인가? 아무도 없나? 늦잠인가?
소라네 집은 문이 안 열려.
날이 새도, 저물어도, 안방샌님.

썰렁한 비

부슬부슬 비에
저녁나절 비에,
아직 불 켜지 않은,
가로등이 젖어서.

어제의 연은
어제 그대로,
가지 끝 높이,
찢어지고 젖어서.

무거운 우산
어깨에 걸치고,
약을 손에 들고,
나는 돌아간다.

부슬부슬 비에
저녁나절 비에,
밀감 껍질은,
밟히고, 젖어서.

수레바퀴와 아이

수레바퀴는 갈리지요,
제비꽃을,
돌멩이 갈리듯이.

시골길에서.

아이는 줍지요,
작은 돌멩이를,
꽃을 따듯이.

도시의 거리에서.

긴 봄날

산에서
산으로
구름의 그림자는.

가지에서
가지로
봄의 새는.

하늘에서
하늘로
그 애의 눈동자는.

하늘보다
바깥을
긴 봄날의 꿈은.

이로하 가루타

코끼리

커다란 코끼리를 타고 싶어,
인도 나라에 가고 싶어.

거기가 너무 멀다면,
차라리 작아지고 싶어.
장난감 코끼리에 타고 싶어.

유채꽃밭, 보리밭,
얼마나 깊은 숲일까?

거기서 쫓는 짐승은,
코끼리보다 큰 두더지.

해 저물면 종달새 집을 빌려,
일곱 날 일곱 밤을 숲속에서.

산만 한 사냥감 끌고,
깊은 숲에서 나왔을 때,

자운영 핀 가로수 사잇길은,
거기서 우러러본 높은 하늘은,

얼마나 얼마나 아름다울까?

네거리

누구인지
모르는 손님,
우리 집 가는 길 묻지 않을까?

토라져서 집을 빠져나왔거든,
가을 저물녘, 네거리에서.

포르르포르르 지는 버들,
깜빡깜빡 켜지는 등불.

누구인지
모르는 나그네,
우리 집 가는 길 묻지 않을까?

빛의 새초롱

난 지금, 작은 새라네.

여름 나무그늘, 빛의 새초롱에서,
보이지 않는 누군가에게 길러져서,
아는 노래만 부르는,
난 귀여운 작은 새라네.

빛의 새초롱은 부서지는 걸,
활짝 날개만 펼치면.

그렇지만 난, 얌전하게,
새초롱에서 길러지면서 노래 부르는,
마음씨 고운 작은 새라네.

초원의 밤

낮에는 거기 소가 있어서,
푸른 풀 뜯고 있던 곳.

밤이 깊어,
달빛이 걷고 있다.

달빛이 어루만질 때,
풀은 쑥쑥 또 자란다.
내일도 맛있는 밥 되어 주려고.

낮에는 거기 아이가 있어서,
꽃을 따고 있던 곳.

밤이 깊어,
천사가 혼자서 걷고 있다.

천사의 발이 밟는 곳,
새 꽃이 다시 피어난다.
내일도 아이에게 보여 주려고.

산 비파

산 비파,
모르는 사람이 나무 위에 있어,
고개를 오르는 우리들에게
가지째 던져 주었습니다.
　노랗게 익은
　비파 열매를—

산 비파,
지금은 잎사귀뿐, 아무도 없고,
고갯길 가을바람에
불려서 난 내려갑니다.
　홀로 가는 그림자
　길기도 해라—

돌멩이와 씨앗

돌멩이는
큰 길거리의 흙에 묻혀 있었다.

유채꽃 씨는
밭의 흙에 묻혀 있었다.

큰 길거리에
밭에
비가 내리고,
큰 길거리에
밭에
햇볕이 쪼였다.

밭의 흙에서, 싹이 나오자,
농부가 기뻐했다.

큰 길거리의 돌멩이가 살짝 드러나자,
거지 아이가 걸려서 비틀거렸다.

점심시간

"성빼기 할 사람 모두 모여라"
"술래잡기 할 사람 모두 모여라"

저쪽 패는, 끼워주지 않고,
저쪽 패는, 그 애가 대장이고.

모르는 척, 한쪽 그늘에서,
땅바닥에 기차를 그리고 있다.

저쪽 패는, 편 갈라서 시작했구나,
저쪽은, 술래 뽑기 하고 있구나.

어쩐지, 흠칫흠칫하고 있지만,
모두들 시작해 버리면,

시끄러움 속에서, 뒷산의
매미 소리 들려오지요.

벚나무

만약에, 어머니가 꾸짖지 않으신다면,
활짝 핀 벚꽃 저 가지에,
잠깐만 올라가 보고 싶어요.

첫 번째 가지까지 올라가면,
읍내가 안개 속에 보여서,
동화 속 나라 같겠죠.

세 번째 가지에 걸터앉아서,
꽃 속에 둘러싸이면,
내가 꽃의 공주님 되어,
요술의 재라도 뿌려서,
피운 것 같은 기분이겠죠.

만약에 누군가가 알아채지 못한다면,
잠깐만 올라가 보고 싶어요.

작별

어머니, 어머니, 기다려 줘요,
너무너무 난 바빠요.

외양간의 말에게, 닭장의,
닭과 쪼그만 병아리에게,
모두 작별 인사 하고 올게요.

어제의 나무꾼 만날 수 있다면,
잠깐 산에도 가고 싶어요.

어머니, 어머니, 기다려 줘요,
아직 잊어버린 게 있어요.

읍내에 돌아가면 볼 수 없는,
길가의 달개비, 여뀌꽃,
이 꽃, 저 꽃, 얼굴 보고,
잘 기억해 두자고요.

어머니, 어머니, 기다려 줘요.

학교

배로 오는 아이도 있었습니다,
고개를 넘는 아이도 있었습니다.

뒤에는 산, 매미 울음소리,
앞에는 둑, 갈대 바람.

논을 넘어서 바다가 보이고,
순풍 돛도 삐딱 돛도 떠났습니다.

빨간 기와에, 눈 녹고,
파란 하늘에 복숭아꽃 피어,

신입생 들어올 무렵엔,
논병아리도, 개구리도 울었습니다.

검은 책보 등에 두르고,
빨간 딸기도 땄습니다.

빨간 기와 학교여,
물에 비친, 저 지붕이여,

물에 비친, 그림자처럼,
지금은 마음속에 있을 뿐.

이웃집 살구

꽃은 죄다 보였습니다,
비오는 날도, 달밤도, 있었습니다.

떨어지면 팔랑팔랑 담장 넘어서
목욕탕 물 위에도 떴습니다.

잎 그늘 쪼그만 열매일 때엔
새까맣게 잊고 있었습니다.

익어서 새빨갛게 될 무렵이
언제나 올까 기다렸습니다.

그리고 내가 받은 건
살구 두 개였습니다.

시계추

시계 창을 내다보고 있는
멈춘 시계추는 쓸쓸해 보인다.

창밖엔, 거리가 보이고
아이가 줄넘기하고 있는데,

누군가 발견해 주지 않을까
그네를 밀어주지 않을까.

창유리를 내다보고 있는
녹슨 시계추는, 쓸쓸해 보인다.

보이지 않는 성

들사냥 산사냥 날이 저물어,
보이지 않는 하인 데리고,
보이지 않는 성으로 돌아갑니다.

들에선 보이지 않는 양치기,
멀리서 보이지 않는 피리를 불고,
보이지 않는 양을 부르고 있습니다.

숲의 저편엔 황금빛의,
보이지 않는 성의 창불,
깜빡깜빡 반짝입니다.

나는 작은 왕자님,
보이지 않는 말을 타고 가면,
보이지 않는 방울이 울립니다.

이로하 가루타•

문득 들리는 목소리는,
어린애의 목소리는,
"금강산도 식후경, '금' 자야."

가랑비, 보슬비, 내리는 속을,
오빠 마중하러 가는 길.

뒤돌아보면, 덧문이 닫혀 있어,
그런데도 불빛은 새어 나왔다.

"괜찮을까나, 다음은……."
걷기 시작하면
가야 할 저쪽이
어둡기만 해.

• 정초에 가족끼리 즐기는 카드놀이. '이로하'는 47자의 가나를 이르는 말로 알파벳의 ABC 또는 한글의 가나다에 해당하며, '가루타'는 포루투갈어 carta에서 왔다.

꽃과 새

꽃과 새,
놀고 있었다,
그림책 속에서.

꽃과 새,
줄서 있었다,
장례식 앞에.

누구하고
노나.

꽃집의 꽃은.

누구하고
노나.

새가게의 새는.

산벚꽃

벚꽃, 벚꽃, 산벚꽃,
나는 머리에 꽂았습니다.
　　산의 공주님이 되었습니다.

벚꽃, 벚꽃, 산벚꽃,
그 나무 밑에 섰습니다.
　　산의 공주님이 섰습니다.

벚꽃, 벚꽃, 산벚꽃,
춤추어 보렴, 하고 말했습니다.
　　산의 공주님이 말했습니다.

벚꽃, 벚꽃, 산벚꽃,
팔랑팔랑 춤추었습니다.
　　산의 공주님께 보였습니다.

벚꽃, 벚꽃, 산벚꽃,
머리에서, 모두 흩날렸습니다.
　　달려 달려 돌아오는 산길에서.

참새 무덤

참새의 묘비 세우려고,
'참새 무덤'이라고 썼더니,

바람이 분다고 비웃음 사서,
말없이 소매에 넣었습니다.

비 개이고, 나가 봤더니,
어디에 참새를 묻었는지,
하얀 별꽃만 가득.

'참새 묘비' 세울 수도 없고,
'참새 묘비' 버릴 수도 없고.

적토산

적토산의 적토는,
팔려서 읍내로 갔습니다.

적토산의 적송은,
발밑부터 허물어져서,
기울어지면서, 울면서,
마차의 뒷모습을 배웅했다.

번쩍번쩍 푸른 하늘 아래,
고요히 하얀 길 위.

읍내로 팔려 가는 적토 실은,
마차는 아스라이 멀어졌습니다.

선녀

꽃을 먹은 선녀는,
하늘로 올라갔습니다.
　　그래서 옛날얘기는 끝났습니다.

나는 꽃을 먹었습니다,
복사꽃은 썼다.
　　그래서 자운영을 먹었습니다.

꽃만 먹으면,
언젠가 하늘로 갈 수 있어요.
　　그래서 한 개 더 먹었습니다.

그러나 서서히 날이 저물고,
집의 등불이 켜져서,
　　그래서 저녁밥을 먹었습니다.

핑퐁

이층 창문의 젖빛 유리
핑퐁하고 있는
그림자

항구 마을의 봄날 초저녁
달은 달무리가 져 있었다.

그윽이 비누 향기
엄마랑 목욕하고 돌아가는 길
딸가닥딸가닥

지나가도 창문에서
핑퐁하고 있는
소리가 난다.

화해

자운영 논두렁길, 봄은 지나고,
저만치, 그 아이 혼자 서 있다.

그 아이는 자운영을 가지고 있다,
나도 자운영을 뜯고 있다.

그 아이가 웃네, 하고 눈치채고는,
나도 몰래 웃음을 웃어 버렸다.

자운영 논두렁길, 봄은 지나고,
배뱃종 종다리 울음을 운다.

바다의 화원

—사와에 바다•에서

만 속에 비친 화원은,
배 위에서 볼 수 있어요.

나는 건 반짝이는 흰나비,
흔들리는 건 초록 시계풀.

모란 닮은, 보라색,
해파리꽃은 헤아릴 수도 없어,

이렇게 아름다운 화원은,
육지 위엔 없어요.

그렇지만 그건, 쓸모없는,
바닷가의 차풀 꽃이에요.

아득히 먼 난바다 그 물속의,
언덕과, 골짜기와, 강변과,
그리고 바다의 임금님,
궁궐의 정원에 피는 꽃은,

• 야마구치현 나가토시(山口縣長門市) 앞바다.

육지의 꽃밖에 모르는 애에겐,
생각조차 할 수 없지요.

그네

전신주의 쇳가지,
전기공이 오르는 가지.
　　난 그네를 맸습니다.

그럴 것이 여기엔 나무는 없고,
집은 좁아서 꾸중 들어요.
　　그래서 난 맨 거지요.

한 번 흔들면 부딪혀요,
전신주에 부딪혀요.
　　그래서 그네를 풀었습니다.

새끼줄 소중히 손에 감고서,
난 달려서 갔습니다.
　　줄넘기할 수 있는, 뒷골목으로.

푸짐한 장례식•

밝고, 환한, 봄날입니다.
아주 멋진 장례식입니다.

수백 개 화환의 꽃은,
밝고 환한 하늘 아래서,
모두모두 즐거운 듯합니다.

빨간 칠한 차에 태운,
비둘기들의 까만 날개도,
모두모두 반짝이고 있습니다.

아, 작은 남자아이가 한 명,
화환 속을 빠져나갑니다,
나도 빠져나가고 싶어집니다.
　　바로 그때, 축제의 밤에,
　　미코시•• 아래를 빠져나가듯.

• 4월 26일, 가네코 미스즈의 고향 센자키(仙崎)의 우두머리 이토 나니가시(伊藤なにがし)의 장례식이 있었다. 화환이 2백여 개이고, 구경꾼이 엄청나게 많았다. 모두 왠지 모를 흥에 겨워한다.— 원저 주

•• 제례 때에 신령을 태우는 가마를 높여 부르는 말. 지붕 중앙에 봉황과 파꽃을 놓고, 받침대에는 몇 개의 멜대를 꽂아 여럿이서 멘다. 신여(神輿).

높고 높은 깃발 옆에,
엷고 엷은 구름이 떠서,
정말로 화창한 봄날입니다.

제비

휙, 제비가 하늘에 동그라미 그리는 바람에,
이끌려서 봤지요, 저녁 하늘을.

그리고 하늘에서 찾아냈어요,
입술연지만큼 곱다란, 저녁노을을.

그리고 그다음에 생각했죠,
마을에 제비가 왔다는걸.

불단

뒤꼍에서 딴 등자나무 열매도,
마을의 토산물 꽃과자도,
부처님께 드려야 해요,
우리들은 가질 수 없죠.

그렇지만, 다정한 부처님,
다음에 모두에게 주시죠.
그러니까 난 공손하게,
두 손 모아서 받거든요.

집에는 정원은 없지만,
불단에는 언제나,
예쁜 꽃이 피어 있죠.
그래서 온 집이 밝아요.

그리고 다정한 부처님,
그것도 내게 주시죠.
그렇지만 흘러넘친 꽃잎을,
밟으면 안 돼요.

아침에도 밤에도 할머님,

언제나 등불을 올려요.
속은 온통 황금이어서,
궁전처럼, 빛나지요.

아침과 밤에 잊지 않고,
나도 기도 올려요.
그리고 그때 생각하죠,
온종일 잊고 있었던 것.

잊고 있어도, 부처님,
언제나 지켜봐 주시거든요.
그러니까, 나는 그러죠,
"고마워요, 고마워요, 부처님."

황금의 궁전 같지만,
이것은, 조그만 문이에요.
언제나 내가 좋은 애라면,
언젠가 들어갈 수 있지요.

이 길

이 길의 끝에는,
큰 숲이 나와요.
외톨이 팽나무야,
이 길을 가자꾸나.

이 길의 끝에는,
큰 바다가 나와요.
연못의 개구리야,
이 길을 가자꾸나.

이 길의 끝에는,
큰 도시가 나와요.
쓸쓸해 뵈는 허수아비야,
이 길을 가자꾸나.

이 길의 끝에는,
무엇이 무엇이 나올까.
다함께 다함께 가자꾸나,
이 길을 가자꾸나.

도르래•

휘릭, 휘릭, 대나무 도르래,
올라라, 올라라, 대나무 도르래.

이 층 지붕보다 더 높이,
홀로 선 삼나무보다 더 높이,
가쓰라기산••보다 더 높이.

내가 깎아 만든 대나무 도르래,
나 대신에 날아올라라.

휘릭, 휘릭, 대나무 도르래,
올라라, 올라라, 대나무 도르래.

산의 연기보다 더 높이,
종달새 노래보다 더 높이,
뿌연 하늘을 뚫고 나가라.

• 대나무를 얇게 깎고 한가운데에 대오리로 자루를 박은 장난감. 두 손바닥으로 비벼서 공중으로 날리기도 하고 붓두껍 같은 것에 꽂고 자루에 실을 감아서 이쪽저쪽으로 돌리기도 한다.

•• 葛城山. 오사카부(大阪府)와 나라현(奈良縣)의 경계에 있는 산.

그렇지만 꼭 잊어버리지 말고,
여기 골목길로 내려오렴.

누가 진실을

누가 진실을 말해 줄까요,
나의 일을 나에게.
　남의 집 아줌마는 칭찬했지만,
　왠지 슬며시 웃고 있었다.

누가 진실을 말해 줄까요,
꽃에게 물었더니 고개를 갸우뚱.
　그야 그렇지, 꽃들은,
　모두, 저렇게 예쁜걸.

누가 진실을 말해 줄까요,
작은 새에게 물었더니 날아가 버렸다.
　절대 오지 않을 거야,
　그러니, 말도 없이 날아간 거야.

누가 진실을 말해 줄까요,
어머니께 묻는 것은 이상하고,
　'나는, 귀여운, 좋은 아이야?
　아니면, 이상한 얼굴이야?'

누가 진실을 말해 줄까요,

나의 일을 나에게.

쌓인 눈

위의 눈은
추울 거야.
차가운 달님이 비추어 주니.

밑의 눈은
무거울 거야.
몇백 명이나 지고 있으니.

가운데 눈은
쓸쓸할 거야.
하늘도 땅도 볼 수 없으니.

하늘빛 꽃

하늘빛 꽃

파란 하늘빛 띤.
작은 꽃아, 잘 들어 봐.

옛날, 이 근처에 까만 눈동자의,
귀여운 여자아이가 살았는데,
아까 내가 한 것처럼,
언제나 하늘을 보고 있었단다.

온종일 파란 하늘 비치니까,
눈동자는 어느새, 하늘빛,
작은 꽃 되어 버려,
지금도 하늘을 보고 있단다.

꽃아, 나의 옛날얘기,
만약에 틀리지 않다면,
너는 훌륭한 박사님보다,
진짜 하늘 알고 있을 거야.

언제나 내가 하늘 보고,
많이, 많이, 생각해도,
하나도 모르는 진실을,

모두 보고 있을 거야, 알고 있을 거야.

훌륭한 꽃은 말없이,
가만히 하늘을 응시하고 있다.
하늘로 물든 파란 눈동자로,
지금도, 싫증내지 않고 응시하고 있다.

이제 됐니

— 이제 됐니?
— 아~직이야!
비파나무 아래에서,
모란나무 그늘에서,
숨바꼭질하는 아이들.

— 이제 됐니?
— 아~직이야!
비파나무 가지에서,
파란 열매 속에서,
작은 새와 비파와.

— 이제 됐니?
— 아~직이야!
하늘의 밖에서
검은 흙 속에서,
여름과, 봄과.

자운영

종달새 들으며 들으며 뜯었더니,
질 수 없이 되었어요.

가지고 돌아가면 시들어요,
시들면, 누군가가 버리고 말죠.
어제처럼, 쓰레기통에.

나는 돌아가는 길마다,
꽃 없는 곳 눈에 띄면,
사르르, 사르르 뿌렸어요.
— 봄의 심부름꾼 하듯이.

풍선

풍선 가진 아이가
옆에 있어서,
내가 가진 것 같았습니다.

삐, 어디에선가
피리 소리,
축제 끝난 마을 뒷골목,

빨간 풍선,
한낮의 달,
봄 하늘에 있었습니다.

풍선 가진 아이가
돌아가 버려,
좀 쓸쓸해졌습니다.

께금박질

께금, 께금, 께금박질.

끈 떨어진 짚신, 손에 들고,
보리밭 사잇길 께금박질.

뛸 적에 멀리 강여울 보였다,
저쪽 논두렁, 콩꽃 보였다.
뛸 때마다 보리도 뛰는 것 같아.

길가엔 자운영,
유채꽃도 흐드러지게 피어 있다.

오른손에 딴 꽃, 왼손에 딴 꽃,
끈 떨어진 한쪽 신발 방해가 돼.
끈 떨어진 짚신 쓸모가 있나,
휙 내던지고, 께금박질.

께금, 께금, 께금박질.

종이풍선

한 번, 치고는, 손뼉을 치고,
종이풍선 떠오르는 하늘.

비단 깃발 구름, 깃털 구름,
버들 같은, 가지 구름.

"산산 조릿대산"• 그 노래의
원숭이도 산산, 조릿대산에서,
손손 손뼉치며 봄날을,
모두들 즐겁게 노니는데,

혼자서 노는 것도 화창한 날엔,
혼자서 노는 것도 봄날엔.

• "산산 조릿대산 원숭이 한 마리 손뼉을 친다." 손뼉을 한 번 친다. "산산 조릿대산 원숭이 두 마리 손뼉을 친다." 손뼉을 두 번 친다.— 원저 주

별사탕의 꿈

별사탕은
꿈꾸고 있었다.

봄날의 시골
과자가게
유리병 속에서
꿈꾸고 있었다.

유리배로
바다 넘어서
바다, 당신의
넓은 하늘
별이 된
꿈꾸고 있었다.

전신주

귓전에서 수다쟁이 참새의 재잘거리는 소리에,
전신주는 눈을 떴다.

채소장수 마차 끊길 무렵,
인부가 뚜벅뚜벅 왔다.

점심때 지나서부터 바람이 일었다,
아이가 귀를 들이댔다.

실이 끊어진 풍선이,
코끝을 스치고 날아갔다.

저녁놀 붉은놀 날이 저물고,
머리 위에 별이 떴다.

발밑에서 구세군이 노래를 불러,
전신주는 잠이 들었다.

좋은 눈

산 너머 비둘기의 눈을,
겨누어서 대포로 맞출 만큼,
좋은 눈이 내게 있다면,

마을의 어머니 곁에 있으면서,
시골의, 숲의, 나뭇가지의,
작은 새의 둥지도 다 보이겠다.

난바다의, 작은 새의, 한쪽 구석의,
바위의 전복도 다 보이겠다.

하늘의, 저녁놀의, 구름 위,
천사의 모습도 잘 보이겠다.

그런 좋은 눈이 있다면,
언제나, 엄마 곁에 있으면서,
여러 가질 봐야지.

목소리

하늘이 환한
저물녘엔,
언제나 멀리서
목소리가 들려.

갈매기인지 뭔지
알 듯도 한.
어쩌면
파도소리 같은.
역시
아이들 목소리 같은.

왠지 출출한
저물녘엔,
언제나 멀리서
목소리가 들려.

아가씨

길을 가르쳐준 나그네는,
벌써 보이지 않는데,
난 멍하게 있었죠.

언제나 내가 생각하는,
그 이야기 속 나라에서는,
공주님이라고도 불리지만,
난 가난한 시골 아이.

"아가씨, 고마워요."
살그머니 주변을 둘러보곤,
어쩐지 이상한 기분이 들어요.

부처꽃

시내 기슭 부처꽃은,
아무도 모르는 꽃이었습니다.

시냇물은 멀리 머얼리,
먼바다로 갔습니다.

넓고 넓은 대해에서,
작고 작은, 물방울 하나,
아무도 모르는 부처꽃을,
언제나 생각하고 있었습니다.

그것은 쓸쓸한 부처꽃의,
꽃에서 흘러내린 이슬이었습니다.

굴렁쇠 굴리기

저 마을 빠져나가서
이 마을 빠져나가서
굴렁쇠 굴리기 굴렁굴렁.
첫 번째 인력거
두 번째 짐수레
앞질러서 굴렁굴렁.
세 번째를 빠져나가면
이젠 마을 밖,
마을 밖으로 굴렁굴렁.

논두렁길은
하늘로 이어지고,
하늘 위까지 굴렁굴렁.
날 저물기 시작하면
저녁놀 속으로
집어던지고, 돌아가자.

바다에서 나온 별이,
그 굴렁쇠 쓰고,
천문대의 박사님,
깜짝 놀라, 딸꾹질, 어쩔 줄 모른다.

"대발견이야, 큰일이야,
토성이 두 개로 늘었어."

하늘과 바다

봄 하늘은 반짝반짝,
비단같이 반짝반짝,
어째서 어째서 빛나나.

안에서 별님이
비추니까요.

봄 바다는 반짝반짝,
조개같이 반짝반짝,
어째서 어째서 빛나나.

물속에 진주가
있으니까요.

좋은 일

낡은 토담이
허물어져서,
무덤의 봉우리가
보이는 곳.

길의 오른쪽엔
산 그림자,
처음으로 바다가
보이는 곳.

언젠가 좋은 일
한 곳,
지날 적마다
기쁘지요.

낮과 밤

낮의 다음은
밤이죠,
밤의 다음은
낮이죠.

어디에 있으면
보일까요.

길고 긴
밧줄이,
그 끝과
끝이.

아기 잎사귀

"코— 자세요"는
달님이 맡아.
살며시 빛을 어깨에 얹어주고,
가만히 불러주는 자장가.

"일어나세요"는
바람이 맡아.
동녘 하늘 밝아올 무렵,
흔들어 깨우죠.

낮을 지키는 건
작은 새들.
모두가 노래를 부르기도 하고,
가지에 숨었다가, 나왔다가.

조그만
아기 잎사귀는,
젖을 물고 자장자장,
코— 잠자는 동안 통통해지죠.

첫 별

종달새가 하늘에서
첫 별 찾았다.

뱃사공 아이가 바다에서
첫 별 찾았다.

중국 아이가 중국에서
첫 별 찾았다.

누가 최고가
될까.

알고 있는 건
첫 별뿐.

그 아이

— 그 아이를 누가 빼앗아 갔습니까?
— 그 아이는 내가 불렀습니다.

— 그 아이는 어디로 갔습니까?
— 나의 나라에 갔습니다.

— 그 아이는 갈 수 없는 아이였습니다만.
— 그 아이는 갈 수 없는 아이입니다만,
그 아이의 어머니, 거기에 있어서,
너무나 기다리니까, 생각하니까.

부처님 나라

같은 곳에 가는 거라면,
부처님은 누구보다도,
저희들이 좋아하거든요.

그렇게 착한 애들인 꽃들이랑,
모두에게 좋은 노래 들려주고,
대포를 맞은 새들이랑,
같은 곳에 가는 거라면.

다른 곳에 가는 거라면,
저희들이 가는 곳은,
가장 낮은 곳이거든요.

가장 낮은 곳이라 해도,
저희들은 갈 수 없어요.
거기는 중국보다 머니까,
거기는, 별보다도 높으니까.

유리 닦기

창문에 올라가 유리 닦기.

훅훅 닦으며 비추어 보면, 교실의,
책상 위에 풀이 나서,
누군가 맨발로 뜯고 있다.

풀 뜯는 위 칠판에,
누군가 먹물을 칠하고 있다.

막 칠한 칠판에는,
흐드러지게 핀 산벚꽃.

둑 저쪽을 지키는 아이가,
꽃을 보며보며 지나간다.
비친 그림자를 모르고,
보고 있는 나를 모르고.

복숭아

하나, 두울, 셋,
달려들었다.

흔들흔들 흔들리는
복숭아 가지.

가지는 내려오긴 했지만,
오른손도 왼손도 비어 있지 않아.

하나, 두울, 셋,
뛰어내렸다.

쑤욱 되돌아간
복숭아 가지.

저 복숭아, 저 복숭아, 높기도 해라,
저 복숭아, 저 복숭아, 크기도 해라.

책

쓸쓸할 땐, 아버지의,
빈방에서, 책꽂이의,
책등 금박문자,
물끄러미 바라보죠.

때로는, 살짝 까치발로,
묵직한 책 빼내어,
인형처럼 끌어안고,
환한 툇마루로 가죠.

책 속엔 가로 쓴 글자뿐,
가나는 하나도 없지만,
무늬 같아, 아름다워요.
게다가, 신기한 향기가 나요.

손가락에 침 묻혀, 차례차례,
하얀, 페이지 넘겨가며,
거기 쓰인 이야기를,
차례차례 만들어가요.

새잎 그늘 글자 위에 비치는,

오월의 툇마루에서 아버지의,
커다란 책 읽는 것이,
난 정말 좋아요.

공

공을 찾으러 마을 아이는
모르는 마을까지 갔습니다.
담 위에서 문득 날아간,
그건 비눗방울, 꺼졌습니다.

공을 찾으러 마을 아이는
시골의 외딴집에 갔습니다.
외딴집 뒤곁에서 찾아냈으나,
그건 수국꽃, 졌습니다.

공을 찾으러 마을 아이는
파란 하늘까지 갔습니다.
하얀 버들 구름 그늘에,
공은 숨어 있었습니다.

온 세계의 임금님

참새

가끔가끔 난 생각해요.

참새에게 맛있는 밥 만들어 주고,
모두 길들여서 이름 지어주고,
어깨와 손바닥에 앉혀서,
타지로 놀러가는 걸.

그렇지만 금방 잊어버리죠.
그러니까, 놀이가 많아서,
참새 같은 건 잊어버리죠.

생각나는 건 밤이 되어서죠,
참새가 없는 밤이지요.

언제나 내가 생각하는 것,
혹시라도 참새가 알았다면,
기다리다 지쳐서 얼빠졌겠죠.

난, 정말로 나쁜 애지요.

만들다

작은 새는
짚으로
그 둥지를 만든다.
　그 짚
　그 짚
　누가 만드나?

석수장이는
돌로
무덤을 만든다.
　그 돌
　그 돌
　누가 만드나?

나는
모래로
모형정원 만든다.
　그 모래
　그 모래
　누가 만드나?

온 세계의 임금님

온 세계의 임금님 불러 모아,
“날씨가 좋군요!” 하고 말해 주자.

임금님 궁전은 넓어서,
어떤 임금님도 모를 거야.
이렇게 멋진 하늘을 모를 거야.

온 세계의 임금님 불러 모아
다시 그곳의 임금님이 된 것보다도,
더 많이, 오래오래 기쁠 거야.

시간 할아버지

똑딱똑딱, 서둘러서 달려가는,
바쁘신 '시간' 할아버지.

제가 가진 거라면,
뭐든지 당신께 드릴게요.

굴이 파인 돌, 줄무늬 돌,
파란 라무네• 구슬 다섯 개.

오래된 신기한 연극 그림도,
은빛 참억새 비녀도.

똑딱똑딱, 쉬지 않고 달려가는,
커다란 '시간' 할아버지.

만약, 당신이 축제를,
지금 얼른 가져와 주신다면.

• 설탕과 레몬 향료를 더한 물에 탄산가스를 녹인 청량음료.

인형 나무

언젠가 묻은 씨앗에선,
작은 복숭아나무 나왔어요.

하나밖에 없는 인형이지만,
정원 구석에 묻을 거예요.

쓸쓸해도 참고,
작은 떡잎 기다릴 거예요.

작은 그 싹 키우면,
삼 년 후엔 꽃이 피고,
가을엔 귀여운 인형 열려서,
온 마을 아이들에게 한 개씩,
나무에서 따서 나누어 줄,
인형 나무가 날 테니까요.

소망

밤이 깊어가는구나,
졸립구나.

몰라, 몰라, 자 버리자.
밤중 한밤중에, 이 방에,
빨간 모자 쓰고 불쑥 나타나,
몰래 수학 숙제 해 놓는,
영리한 난쟁이 한 명쯤,
틀림없이 어딘가에 있을 거야.

등자나무밭

등나자무밭 등자나무는,
모두 베였다, 그 뿌리까지 파냈다,
그냥 밭이 된다는 얘기다.

무얼 만드는지 모르지만
가지에는 그네를 맬 수 없고
    (무당벌레라면 할 수 있겠지만)
콩에서 나무타기 할 수 있을까.
    (잭콩•이라면 몰라도)

등자나무밭 등자나무는,
파란 열매째 모두 베였다.
놀 곳이 또 하나 줄었구나.

• 영국의 옛날이야기. 잭이 속아서 바꾼 콩은 하룻밤에 하늘까지 닿는 나무가 된다. 잭은 이것을 타고 하늘나라 거인의 성에서 보물을 훔쳐 내고, 나무를 베어 넘어뜨려 쫓아오는 거인을 떨어뜨려 물리친다.

어시장

해협에
소용돌이치는
저녁 밀물

멀리
울려 퍼지는
저녁 어스름

시내의 파장한
장터,
바다에서 그림자가
엿보고 있어요.

내 아이는, 내 아이는,
어디에 하며,
뭔가, 뭔가,
엿보고 있어요.

꽁치 빛깔의
저녁하늘,

까마귀가 소리 없이
건너지요.

보이지 않는 별

하늘 속엔 무엇이 있나?

　　하늘 속엔 별이 있지.

별 속엔 무엇이 있나?

　　별 속에도 별이 있지.
　　눈엔 보이지 않는 별이 있지.

보이지 않는 별은 무슨 별?

　　신하 많은 임금님의,
　　혼자 있기 좋아하는 영혼과,
　　모두에게 보이는 춤추는 소녀의,
　　숨어 있고 싶은 영혼과.

트럼프 집

트럼프 카드로 집을
지읍시다.
방은 모두 뒤를 향하고,
마루 모양 아름다운,
다이아몬드 하나가 전등입니다.

정원에는 스페이드, 클로버 나무,
하트 꽃도 드문드문.

트럼프 카드 집에는
누가 사나.
네 명의 왕과 네 명의 여왕 그중에서,
미움받는 스페이드의,
왕과 여왕을 살게 합시다.

트럼프 카드 집을
부숩시다.
땡땡 시계가 다섯 번 울고,
식모언니가 비를 들고 왔어요.

여름

'여름'은 밤늦게 자고
아침엔 늦잠.

밤은 내가 잠든 뒤에도,
자지 않고 있지만, 아침 일찍,
내가 나팔꽃 깨울 때엔,
아직도 '여름'은 일어나 나오지 않지.

서늘한, 서늘한,
산들바람이다.

여름나기 축제

두둥실
풍선,
가스등불 비치네요.

그림자등롱• 속
사람처럼,
얼음장수 목소리 사무칩니다.

희읍스름
은하수,
여름나기 축제의 밤 깊어요.

네거리 돌아서면
풍선,
별밤에 어두워요.

• 그림자 그림의 장치를 한 회전등롱. 틀을 이중으로 해서 여러 가지 형상을 오려서 안쪽 틀에 붙이고, 촛불의 열에 의한 상승기류로 안쪽 틀이 회전하면 그림자가 바깥 틀의 종이나 천에 비치도록 되어 있다.

비의 오곡제

주룩주룩 비에 떠내려간,
오곡제 밤이 깊어,
지금은 드문드문 별이 떴다.

아무도 지나지 않는, 진흙탕에,
꺼진 등롱 비치고.

먼 길을 자동차로,
우르릉 요란하게 지나가는 것이,
하늘을 지나가듯 들렸다.

하나, 둘, 셋,
하늘의 별이 늘었다.

어딘가 처마의 등롱이,
또 하나, 꺼졌다.

여름 초저녁

저물어도 밝은
하늘빛,
별이 하모니카
불고 있다.

저물어도 거리에는
뿌연 먼지,
빈 마차 덜컹덜컹
춤추고 있다.

저물어도 밝은
땅 빛깔,
센코하나비•
다 타서.
빨간 불구슬
포르륵 흩어진다.

• 지노(종이를 가늘게 꼰 끈) 끝에 화약을 비벼 넣은 작은 꽃불. 불을 붙이면 소나무 잎 같은 모양으로 섬광을 낸다.

직박구리 넘는 길

직박구리 넘는 길
낭떠러지,
개미 대군
공격해 내려간다.

겨냥하는 헤이 씨 집안•은
배의 심,
내가 버린
배의 깡탱이.

　　고개의 찻집
　　한낮 지날 무렵,
　　내리는 것은 솔잎과
　　쏟아지는 매미소리.

개미 대군
용감하게,
배의 성을
둘러쌌다.

• 헤이가(平家) 일문의 성쇠를 엮은, 가마쿠라 시대의 대표적 군담인 「헤이가 이야기(平家物語)」에 견주어서 표현한 것으로 보인다.

벙어리매미•

수다쟁이 매미는 노래한다,
아침부터 밤까지 노래한다,
누가 보고 있어도 노래한다,
언제나 똑같은 노래를 한다.

벙어리매미는 노래를 쓴다,
말없이 잎사귀에 노래를 쓴다,
아무도 보지 않을 때 노래를 쓴다,
아무도 부르지 않는 노래를 쓴다.

(가을이 오면 땅에 떨어져,
썩을 잎사귀란 걸 모르는 걸까.)

• 매미의 암컷을 이르는 말로, 이 매미는 울지 않는다.

산골아이의 꿈

깊은 산속
온천 마을,
여관집 딸이
꾸는 꿈은
아름다운
바다의 꿈.

  동그랗게
  밀려와 쌓이는
  주홍빛 파도에,
  금빛
  은빛
  물떼새.

깨어나 생각하면
쓸쓸하여라,
그것은 손궤• 속
춤의 부채.

• 손으로 들고 다니기 좋게 만든 작은 궤.

작은 고향집

겨자인형,•
겨자인형.
너의 고향집에 가고 싶구나.

네 고향집 초가지붕은,
내 손바닥에도 올릴 수 있을 거야.

그래도 자운영도 필 거야,
너도 뜯고 있었을걸.

자운영 뜯고 뜯다가 날이 저물면,
작은 달도 떠오를 거야.
겨자인형, 겨자인형.
네 고향집 봄날은,
나조차도, 그립구나.

커다란 방이 추울 때,
커다란 고양이가 무서울 때,
얼마나 그리워질까.

• 에도(江戶) 시대에 유행한 매우 작은 목각 인형. 겨자씨처럼 작다고 해서 붙여진 이름이다. 비단옷을 입혀서 히나마쓰리(雛祭) 등에 사용했다.

코끼리의 코

뭉게뭉게
산 위,
커다란 코끼리가 하얗다.

뭉게뭉게
하늘에,
코끼리의 코가 뻗어 오른다.
— 물색 하늘에,
　잃어버린 상아가
　하얗고 가늘게.

뭉게뭉게
코를,
뻗어도 뻗어도 멀기만 해.

닿지 않는
그대로,
잿빛으로 저물어서,
— 고요한 하늘에,
　잡히지 않는 상아는,
　드디어 하얗게.

문자구이•

문자구이 타는 냄새여,
비가 내린다,
보슬보슬 보슬비가 내린다.

막과자가게 안의 어둠이여,
얼핏,
빨간 담뱃불이 보인다.

대여섯 명 그 어디쯤 네거리에서,
저마다,
잘 가, 하는 목소리 들린다.

문자구이 타는 냄새여,
비가 내린다,
보슬보슬 보슬비가 내린다.

• 달군 철판에 기름을 붓고 그 위에 밀가루 반죽을 글자 등의 모양으로 떨어뜨려서 구워 먹는 것을 말한다.

바다를 걷는 어머니

어머니, 안 돼요,
거긴, 바다예요.
자, 여긴, 항구,
이 의자는, 배,
이제 출발해요.
배에 타세요.

이런, 이런, 안 돼요,
바닷속을 걸으면,
허우적, 허우적거려요.
어머니, 정말,
웃지 마세요,
빨리빨리 타세요.

드디어 가 버렸다.
그래도, 그래도, 좋아요,
우리 어머니, 대단해,
바다, 걸을 수 있어요.
대단해,
대단해.

배의 노래

난 젊은 배였다네.
저 붐비는 뱃짐 풀기,
오색 깃발 장식하고,
처음으로 바다를 향할 때,
끝없는 파도들은,
모두 단번에 넙죽 엎드렸지.

난 강한 배였다네.
폭풍우도 파도도 소용돌이치는 바닷물도,
사나워지면 용기가 솟는 배였다네.
은빛 물고기 산처럼 쌓아,
새벽녘에 돌아올 때는,
승리한 전사 같았다네.

나도 이제는 나이가 들어,
해협의 한가로운 나룻배.
기슭의 초가집 해바라기,
해를 향해 고개 돌릴 때 깜박깜박,
졸면서도 그리운,
옛꿈 되풀이한다.

매미 울음

기차의 창에
쏟아지는 매미 울음소리.

혼자 떠나는 여행
저물녘,
눈을 감으면
눈 속에,
금빛과 초록의
백합이 피고,

눈을 뜨면
창밖,
이름 모르는 산은
저녁노을 불타고,
지나가면
또 오는
쏟아지는 매미 울음소리.

달님과 식모언니와

내가 걸으면 달님도 걸어요,
좋은 달님.

매일 밤 잊지 않고
하늘에 오신다면
더 더욱 좋은 달님.

내가 웃으면 식모언니도 웃어요,
좋은 언니.

언제라도 할 일이 없어서
놀아 준다면
더 더욱 좋은 식모언니.

돛단배

잠깐
물가의 조개껍질 보는 사이에,
그 돛단배는 어딘가로
가 버렸다.

이렇게
가 버린,
누군가가 있었다—
무엇인가가 있었다—

억새와 해님

쓸쓸한 공주님

힘센 왕자님이 구해 줘서,
성으로 돌아온, 공주님.

성은 옛 성이지만,
장미꽃도 여전히 피어 있지만,

왠지 쓸쓸한 공주님,
오늘도 하늘을 바라보고 있었다.

(마법사는 무섭지만,
저 끝없는 푸른 하늘을,
하얗게 반짝이는 날개 펴고,
까마득히 먼 길 떠났던,
작은 새이던 시절 그리워.)

거리엔 꽃잎 날리고,
성의 잔치는 아직도 끝나지 않아.
그래도 쓸쓸한 공주님,
홀로 해질녘 화원에서,
새빨간 장미엔 눈길도 주지 않고,
하늘만 바라보고 있었다.

사과밭

일곱 개의 별 그 아래,
아무도 모르는 눈의 나라에,
사과밭이 있었습니다.

울타리도 치지 않고, 사람도 없는,
그 안의 늙은 나무 큰 가지에,
종이 걸려 있을 뿐.

　사과 한 개 딴 애는,
　종을 한 번 울립니다.

　종이 한 번 울려 퍼질 때,
　한 개의 꽃송이 피어납니다.

일곱 개의 별 그 아래를 지나가는,
썰매 위의 나그네는
멀리서 들려오는 종소리 들었습니다.

머언 그 소리 들을 때에,
얼어붙은 마음이 녹았습니다.
모두들 눈물을 글썽였습니다.

초가을

하얀 엄숙한 일요일의 은행,
귀뚤귀뚤귀뚤 귀뚜라미 울어,

하얀 듯 옅은 아침 하늘을,
휙휙 잠자리 난다.

　　(가을은 오늘 아침,
　　항구에 닿았다.)

하얀 으리으리한 일요일의 은행,
태양은 또렷한 그림자 짓고,

하얀 실에 달린 매미 전선에 얽혀서,
엷은 날개 파닥거리고 있다.

건널목

건널목 초소는 커다란 하늘 아래.

초소 밖에서 할아버지는,
오늘의 신문 읽고 있다.

　　긴, 긴, 그림자,
　　옷자락에 쑥부쟁이꽃 피고,
　　가슴 근처에서 벌레가 운다.

건널목 울타리는 하얀 하늘 속.

풀잎 그늘에서 귀뚜라미는,
낮달 보고 울고 있다.

만주사화•

마을 축제는
여름 무렵,
한낮에도 불꽃을
지폈습니다.

가을 축제는
이웃 마을,
양산이 줄짓는
뒷골목에,
땅 밑에
사는 사람이,
센코하나비를
지폈습니다.

빨강
빨강
만주사화.

• 수선화과의 여러해살이풀로 높이는 30~50센티미터이며 9~10월에 꽃대에서 불꽃 모양의 붉은 꽃이 방사형으로 핀다.

작은 여자애와 남자애

빨간 삐라 떨어졌다,
파란 삐라 떨어졌다,
봄날의 거리에.

작은 여자애가
빨간 삐라 주웠다,
빨간 삐라 접어서,
돌멩이에 입혀서,
자장자장 뒹굴뒹굴 잘 자라
자장가를 불렀다.

작은 남자애가
파란 삐라 주웠다,
파란 삐라 가지고,
집까지 달려가,
전보요, 전보요 하고
힘껏 외쳤다.

가을은 하룻밤에

가을은 하룻밤에 찾아온다.

이백십 일•에 바람이 불고,
이백이십 일에 비가 내려,
다음날 새벽녘 비가 개이면,
그 밤에 살그머니 찾아온다.

배 타고 항구로 올라오는 걸까?
날개 저어 하늘을 날아서 오는 걸까?
땅에서 뭉게뭉게 솟아나는 걸까?
그건 아무도 몰라,
그런데도 오늘 아침엔 벌써 와 있다.

어디에 있는지 알 수가 없어,
그렇지만, 어딘가에 벌써 와 있다.

• 입춘에서 210일째 되는 날(9월 1일경)로, 이날을 전후해서 태풍이 부는 일이 많다.

낙엽 가루타

산길에 떨어진 가루타는
무슨 카드?
금색과 빨강의 낙엽 카드에,
벌레 먹어 흐르는 붓자국.

산길에 흩어진 가루타는,
누가 읽나?
까만 작은 새가 까만 꼬리 파닥이며
짹짹, 삐삐, 하고 울고 있지.

산길에 떨어진 가루타는
누가 줍나?
무베야마 산바람• 아닌, 이 산의 바람이
휙 하고 단번에 휩쓸어 간다.

• 『고금집(古今集)』의 다음 시에 나오는 산바람.
吹くからに 秋の草木の しをるれば むべ山風を 嵐といふらむ。
바람이 불어와 쓸쓸한 가을 초목 시들어 가니, 그래서 산바람을 폭풍이라 하는가.

손톱

엄지손가락 손톱은
넓적한 얼굴.
튼튼해 보이는 얼굴.
　　우리들 선생님.

집게손가락 손톱은
일그러진 얼굴.
울 것 같은 얼굴.
　　언젠가 본 곡마단 아이.

가운뎃손가락 손톱은
동그란 얼굴.
웃고 있는 얼굴.
　　전에 있던 식모언니.

약속가락 손톱은
네모난 얼굴.
생각하고 있는 얼굴.
　　그, 나그네 아저씨.

새끼손가락 손톱은

가늘고, 예쁘죠.

　　알 것 같은데

　　누구인지 모르겠어.

종이대포•

종이대포,
퐁, 퐁, 퐁.

어제까지 없었는데,
하루 만에 퍼졌어요.

모두가 조릿대 꺾어 온다,
모두가 종이총알 마련한다.

종이대포,
퐁, 퐁, 퐁.

어제까지 더웠는데,
하루 만에 가을이 왔다.

모두가 조릿대 다듬고 있다,
모두가 하늘을 올려다보고 있다.

• 장난감의 일종. 가늘고 긴 대나무 통의 양쪽에 물에 적신 종이를 구슬 모양으로 뭉쳐서 넣고, 가늘고 긴 봉으로 안쪽의 종이 구슬을 밀어 넣으면 공기의 압력으로 다른 한쪽의 종이 구슬이 대통으로부터 소리를 내며 날아간다.

셈하기

하늘엔 지금 구름이 둘,
길엔 지금 사람이 다섯.

여기부터 학교 갈 때까진,
오백육십칠 발짝이고,
전신주가 아홉 개 있다.

내 상자 속 유리구슬은,
이백삼십 개 있었지만,
일곱 개는 굴러가서 잃어버렸다.

밤하늘의 저 별은,
천하고 삼백오십까지,
헤아렸을 뿐, 아직 몰라.

난 셈하기가 정말 좋아.
무엇이든, 세어 보죠.

망가진 모자

데굴데굴 공,
데구르르 손에서, 미끄러져 굴러가,
거지아이가 주웠다.

공은 갖고 싶은데, 무섭긴 무서워,
째려보는 눈, 째려보곤 맞서서,

갈까? 말까? 저쪽 보고 달려서,
밀짚모자 푹 뒤집어쓰니,
쑥 빠져버린, 망가진 모자,
차양이 쑥 목까지 빠졌다.

거지아이 휙, 뒤돌아서, 아하하 웃었다,
나도 무심코, 아하하 웃었다.
망가진 모자, 그 가는 길엔,
잠자리, 천 마리, 만 마리 춤추고 있었다.

낙서

빗소리
들으며,
들여다보는 벽의
낙서.

어느 날
누가 그렸나,
나처럼
못 그린 그림.

탕약 냄새
그윽한,
커다란 화로 앞에
홀로 앉아서,
곰곰이
바라보고 있는,
얼굴뿐인
누님.

만 배

온 세계 임금님의,
궁전 다 불러 모은다 해도
그 만 배나 아름다워.
—별로 장식한 밤하늘.

온 세계 여왕님의,
꼬까옷을 다 불러 모은다 해도,
그 만 배나 아름다워.
—물에 비친 아침 무지개.

별로 장식한 밤하늘,
물에 비친 아침 무지개,
다 불러 모아도 그보다,
그 만 배나 아름다워.
—하늘 저편 하느님 나라.

자장자장 기차

자장자장 자는 아기, 기차를 탄다,
자장자장 역을 기차는 떠난다.

기차가 지나는 곳은 꿈의 나라,
유리구슬의 땅 위,
빨간 선로 내달려.

달은 밝고, 구름 붉어,
유리 탑 꼭대기엔,
깜박 하얀 별도 뜬다.

모두 창문에서 보고 지나가,
잠깨는 역에 기차는 닿지.

꿈의 나라 선물은,
누구도 가지고는 돌아갈 수 없어.
꿈의 나라 가는 길은,
자장자장 기차가 알고 있을 뿐.

아이와 잠수부와 달과

아이는 들판의 꽃을 따네,
그렇지만 돌아가는 길마다
사르르사르르 뿌리지.

집에 돌아가면, 아무것도 없다네.

잠수부는 바다의 산호를 따지,
그렇지만 올라오면 배에 놓고,
빈 몸으로 또다시 잠수하지.

자기 것은 아무것도 없다네.

달은 하늘의 별을 줍네,
그렇지만 보름밤 지나면,
또다시 하늘에 흩뿌리지.

그믐께엔 아무것도 없다네.

먼 곳의 화재

먼 곳의 화재,
잊어버린 듯, 모두 함께,
전쟁놀이 하고 있었죠.

꺼졌다, 꺼졌다, 하고 달려온,
누군가의 눈앞에서, 공병이,
적의 지휘를 붙잡았다.

승부가 나서, 길가에서,
모두가 활기차게 갔더니,
삼번조•가 추켜올린,
나팔을 불며불며 지나갔다.

모두, 말없이 전송했다,
까맣게 펌프가 지나가는 하늘에는,
반쯤 걸린 달님,
엄청나게 커다란 우산을 받고 있었다.

• 에도 시대 소방 조직의 하나로, 마을 사람들이 자치적으로 조직했다.

점치기

저녁놀,
붉은놀,
빨간 조리•
날리자.

빨간 조리
안쪽이다,
한 번 더
날리자.

바깥쪽
나올 때까지,
몇 번이라도
날리자.

저녁놀,
붉은놀,
구름까지
날리자.

• 짚 · 골풀 · 죽순껍질 등으로 엮은 바닥이 평평하고, 게다와 같은 끈을 단 신발. 일본식 짚신.

억새와 해님

— 조금만 더,
— 조금만 더.
억새는 발돋움하고 있어요.

햇볕에 너무 쪼여 시들 것 같은,
하얗고 얌전한 메꽃을,
어떻게든, 그늘지게 해 주려고.

— 조금만 더,
— 조금만 더.
해님은 투덜투덜하고 있어요.

아직도 바구니는 덩그러니,
겨우 저만큼밖에 베지 못했군,
풀 베는 계집애가 딱해서.

모두를 좋아하고 싶어

나는 좋아하고 싶어,
무엇이나 어떤 것이나 모두.

파도, 토마토도, 생선도,
남김없이 좋아하고 싶어.

우리 집 반찬은 모두,
어머니가 만드신 것.

나는 좋아하고 싶어,
누구든지 어떤 사람이라도 모두.

의사라도, 까마귀라도,
남김없이 좋아하고 싶어.

세상 것은 모두,
하느님이 만드신 것.

물과 그림자

하늘의 그림자는,
물속에 한가득.

물속 하늘가엔,
나무숲도 비치고,
찔레꽃도 비쳐요.
　　물은 순수해요,
　　모든 그림자를 비쳐 주는 걸요.

물의 그림자는,
나무숲 덤불에 아롱아롱.

밝은 그림자여,
서늘한 그림자여,
흔들리는 그림자여.
　　물은 얌전하죠,
　　물의 그림자는 작은 걸요.

우물가에서

어머니는, 세탁,
대야 속 보고 있으면,
비눗방울에 수많은,
작은 하늘이 빛나고,
조그만 내가 들여다보고 있다.

이렇게 작아질 수 있죠,
이렇게 많아질 수 있죠,
난 마술사니까.

뭔가 좋은 거 하고 놀자,
두레박줄에 벌이 있네,
나도 벌이 되어서 놀자.

문득, 사라졌다고,
어머니, 걱정하지 마셔요,
여기, 이 하늘 날고 있을 뿐이에요.

이렇게 푸르른, 푸른 하늘이,
나의 날개에 닿는 것은,

얼마나, 얼마나, 기분 좋은가.

지치면, 거기 패랭이꽃,
꽃에 앉아 꿀을 빨고,
꽃의 이야기 듣고 있지요.

작은 벌이 되지 않으면,
절대로 들을 수 없는 이야기를,
저물녘까지라도, 듣고 있지요.

어쩐지 벌이 된 것 같아,
어쩐지 하늘을 난 것 같아,
정말로 기분이 좋아졌습니다.

커다란 손바구니

손바구니, 손바구니,
커다란 손바구니.
넓은 들로 나가, 이 바구니에,
쑥을 가득 뜯으려고,
이 아이도, 저 아이도, 마을 아이는.

그렇지만, 아무도 몰라,
들에 있는 쑥은 모두,
읍내에 팔러 가려고,
시골 사람이 뜯는 것을.

명절은 와도, 봄은 일러,
쑥은 겨우, 싹만 나와,
뜯으면 시들어 버리는데,
뜯으면 시들어 버리는데.

손바구니, 손바구니,
커다란 손바구니.
이 아이도, 저 아이도, 즐겁게.

꽃 심부름

흰 국화, 노란 국화,
눈 같은 흰 국화.
달 같은, 노란 국화.

누구나, 모두가, 보고 있지,
나와 꽃을.
　(국화는, 아름다워,
　나는 국화를 가지고 있다,
　그러니까, 난 아름다워.)

아주머니네 집은 멀어도,
가을이고, 화창해서, 좋아라.
꽃 심부름, 좋아라.

헛간

헛간 속은, 어스름하다.
헛간 속에 있는 건,
모두 어제의 것뿐.

저 구석에 있는 건 평상,
여름엔, 저 위에서,
센코하나비 지폈었지.

들보에 찔러 놓은 한 다발
거무스레 빛바랜 벚꽃은,
축제 때 처마에 꽂던 것.

가장 깊은 구석에 보이는 건,
아아, 저것은 물레,
까마득히 먼 옛날,
할머님이 돌렸었지.

지금도, 한밤중엔 지붕으로 새어 드는,
달빛 실을 잣고 있겠지.
　　들보에 숨어서, 나쁜 녀석,
　　거미가 언제나 노리고 있다가,

실을 훔쳐선 숨을 불어넣어,
저주의 실로 바꾸는 걸,
낮엔 잠들어 있어 알지 못하고.

헛간 속은, 어스름하다.
헛간 속엔, 그리운,
지난날의 온갖 것이,
거미줄에 휘감겨 있다.

등자나무꽃

무덤들

묘지 뒤에,
울타리가 생긴다.

무덤들은
이제부터는,
바다를 볼 수 없지요.

아들의, 아들이, 타고 있는,
배가 나가는 것도, 돌아오는 것도.

해변 길에,
울타리가 생긴다.

우리들은
이제부터는,
무덤을 볼 수 없지요.

언제나 마음이 끌려, 보고 지나가는,
제일 작은, 둥근 무덤도.

꾸중 듣는 오빠

오빠가 꾸중 들어서,
아까부터 난 여기서,
민소매 빨간 옷고름,
맺다, 풀었다 하고 있지.

그런데도, 뒤뜰에선 아이들,
아까부터 성뺏기 하고 있다,
가끔씩은 소리개도 울고 있다.

내 머리칼

내 머리칼 빛나는 것은
언제나 어머님이 쓰다듬어 주시기 때문.

내 코가 납작한 것은
언제나 내가 흥흥 응석부리기 때문.

내 앞치마 하얀 것은
언제나 어머님이 빨아 주시기 때문.

내 살색이 까만 것은
내가 볶은 콩을 먹기 때문.

유리와 글자

유리는
텅 빈 듯
투명하게 보이지.

그렇지만
잔뜩 겹치면,
바다같이 푸르지.

글자는
개미처럼
검고 작아.

그렇지만
많이 모이면,
황금성의 옛이야기도 된다.

달님

새벽달님
산등성이.
새장에서 길러진 하얀 앵무새,
잠이 덜 깬 멍한 눈으로 무심코 보곤,
아아니, 아니, 우리 일행이군, 불러 볼까.

낮달님
늪 바닥.
밀짚모자 쓴 아이가 기슭에서,
낚싯대 잡고 겨누고 있다.
멋지다, 낚을까, 걸릴까나.

저녁달님
가지 사이.
부리 빨간 작은 새 한 마리,
눈 동글동글 망보고 있었다.
아주아주, 잘 여물었군, 쪼아 먹어 볼까.

첫 싸라기

싸라기
싸라기
손에 받으면,
봄밤의
히나마쓰리•
문득 생각나.

낯익은 이웃집 인형은
이런 밤,
어두운 창고의 한쪽 구석
제각각 상자 속에서.
싸락, 싸락, 하고
띄엄띄엄
물받이 두들기는 소리 듣고 있겠죠.

싸라기
싸라기
첫 싸라기.

• 3월 3일에 치르는 연중행사. 일본옷을 입힌 인형(히나인형), 복숭아꽃으로 장식하고 감주와 떡 따위를 즐기며 여자아이의 건강과 행복을 기원한다.

겨울 별

서릿밤
거리에서
누님,
하늘을 보면서
말했습니다.
— 조용히
　쌀쌀하게
　안녕히라고.

서릿밤
하늘의
별님,
가장 푸른
별님.
— 꼭
　당신에게
　말하는 듯이.

흰 모자

흰 모자,
따뜻한 모자,
아까운 모자.

하지만, 이제 괜찮아,
잃어버린 건,
잃어버린 거지.

그렇지만, 모자야,
내 바람이니까,
도랑이나 시궁창 같은 데 빠지지 말고,
어딘가, 높은 나뭇가지에,
살짝 보기 좋게 걸려 주렴,
나처럼, 서툴러서,
둥지를 짓지 못하는 딱한 새의,
따뜻한, 좋은 둥지 되어 주렴.

흰 모자,
털실 모자.

가게에서 생긴 일

싸라기눈이 때구루루,
쪽문으로 들어왔다.
손님이, 싸라기눈이랑,
일행이 되어 들어왔다.
　　“안녕하세요.”
　　“네, 어서 오세요.”

노래시계가 딩동댕딩동댕,
손님의 손에서 울었다.
싸라기눈 소리에 섞여서,
일번 노래•를 불렀다.
　　“안녕히 가세요.”
　　“네, 고맙습니다.”

노래시계가 딩동댕딩동댕,
울려울려 나왔다.
사라질 때까지 듣다가,
문득 정신이 들면,
싸라기눈은 벌써 그쳐 있었다.

• 숫자풀이 노래 등에서 첫 번째 노래를 이르는 말.

섣달그믐과 설날

오라버니는 외상값 수금,
어머니는 설날 장식,•
난 세밑 선물 준비.
온 마을에 사람이 분주해서,
온 마을에 햇살이 내려서,
온 마을에 무엇인가 반짝여서.

엷은 물색 하늘 위에,
솔개는 고요히 원을 그리고 있었다.

오라버니는 몬쓰키,••
어머니도 나들이옷,
나도 다모토••• 차림.
온 마을에 사람들이 놀아서,
온 마을에 소나무••••가 서 있어서,
온 마을에 싸라기눈 뿌려서.

엷은 먹빛 하늘 위,
솔개는 커다랗게 원을 그리고 있었다.

• 정초에 사당, 현관, 신을 모신 선반 등에 인줄을 쳐서 장식하는 일.
•• 가문(家紋 : 집안을 상징하는 무늬)을 넣은 일본 예복.
••• 소매가 긴 일본 옷.
•••• 일본에서는 설날 문 앞에 소나무를 세워 장식한다.

작년

배, 봤네 봤네,
정월, 초하루,
깃발도 세우지 않고 검은 돛 달고,
이곳 항구를 떠나가는 배를.

배, 저 배,
타고 있는 것은,
오늘 설날 아침에게 쫓겨난,
낡은 작년인가, 작년인가, 그런가.

배, 떠나가네. 떠나가,
저 가는 곳에,
작년이 떠오를 항구는 있을까.
작년을 기다리며, 누군가 서 있을까.

작년, 봤네 봤네,
정월, 초하루,
검은 돛단배 타고,
서쪽으로 서쪽으로 달아나는 그림자를.

유리 속

바깥에 눈 오는 게 보여서,
팔랑팔랑 꽃잎 같아서,
종이 장지 그림 무늬유리를,
고타쓰• 쬐면서 보고 있으니,

뒤곁의 나무 창고로 나무 가지러,
내리는 눈 속을 걸어가는,
할머님 뒷모습,
나풀나풀 비치다, 사라졌어요.

• 일본의 실내 난방 장치의 하나로 나무 틀에 화로를 넣고 그 위에 이불이나 포대기 등을 씌운 것. 이 속에 손과 다리를 넣고 몸을 녹인다.

아침거미

아침부터 아침거미• 찾았고,
아침부터 왠지 기분이 좋으니까,
틀림없이, 오늘이야말로 오실 거예요.

어머니도 모르시지만,
살아서, 멀리에 살고 계시는,
아버지 마중 가는 일.

얼른, 난 머리 묶고,
좋아하는 공무늬 꼬까옷 입고,
빨간 마차 탈 거예요.

빨간 마차 가는 길은,
하얀 참억새 길이죠,
들국화도 조그맣게 피어 있어요.

깃발 서 있는 작은 마을,
종소리 울리는 절 앞에,
눅눅해진, 컴컴한 숲속.

• 아침에 나오는 거미. 아침거미를 보면 좋은 일이 생긴다는 속신이 있다.

그리고 저녁놀 사라질 무렵,
건너편 그 너머에 성처럼,
커다란 집이 보일 거예요.

아버지는 기다리다 못해,
문에서 뛰어나오죠,
나도 마차에서 뛰어내리죠.

난 "아버지!" 하고 불러요,
아니 아니, 말없이 서 있지요,
너무나, 너무나, 기뻐서.

아침부터 왠지 기분이 좋고,
아침부터 아침거미 찾았으니까,
오늘은, 무슨 일인가 있을 거예요.

나

어디에나 내가 있어요,
나 외에, 내가 또 있어요.

거리엔 가게 유리 속에,
집에 돌아가면 시계 속에.

부엌엔 쟁반에 있고,
비오는 날엔, 길에까지 있어요.

그렇지만 왠지, 언제 봐도,
하늘엔 절대 없어요.

괭이밥•

뛰어서 올라간
절의 돌계단.

예불 마치고
뛰어 내려가니,
왠지, 문득,
생각이 난다.

돌 틈의
괭이밥
빨간 작은
잎.
— 먼 옛날에
　본 것 같이.

• 괭이밥과의 여러해살이풀로 높이는 10～30센티미터이며, 잎은 어긋나고 세 갈래로 갈라지고 거꾸로 된 심장 모양이다. 7～8월에 노란 꽃이 꽃줄기 끝에 피고 열매는 삭과(蒴果)를 맺는다. 논밭이나 길가에 나는데 우리나라 각지에 분포한다.

마을

지나간다, 지나간다,
봄날의 거리를.
지나간다, 지나간다,
길 따라 지나간다.

짐마차, 짐수레,
자동차, 자전거.

지나간다, 지나간다,
하얗고 하얀 길을,
지나간다, 지나간다,
길 질러 지나간다.

거지 아이와
연기의 그림자가.

조개와 달

염색집 항아리에
잠겨서,
하얀 실은 감색이 된다.

푸른 바다에
잠겼는데,
하얀 조개는 왜 하얄까?

저녁노을 하늘에
물들어서,
하얀 구름은 빨개진다.

감색 밤하늘에
떴는데,
하얀 달은 왜 하얄까?

비단 돛

임금님 배에 다는 돛은,
얄브스름하게, 얄브스름하게 하고 분부하신다.

연보라 엷은 비단에,
항구 마을 그림처럼 비쳐보여,
너무나 아름다운 돛은 돛이지만,
바람은, 왱왱 불어와,
구멍을 냈다.

바람길 열리면 찢어지고 말지,
바람길 열라고 분부하신다.

연보라 엷은 비단에,
임금님 문양 오려내어,
너무나 아름다운 돛은 돛이지만,

바람이, 왱왱 불어와,
빠져나가서,
배는 나아가지 못해,
한 발짝도.

자동차

지나가는
자동차에,
나의 모습이
비칩니다.

자동차는
지나가고,
나의 그림자는
금방 사라집니다.

벌써 먼
마을의 끝,
봄의 저물녘
구름 아래.

자동차야,
아아, 지금은,
누구를 비추고
있을까.

시골마을과 비행기

비행기가 하늘에 보였기 땜에,
온 마을이 밖으로 뛰어나왔죠.

과잣집 가게에도 아무도 없고,
이발소 거울도 텅 비어서,

모두들 나란히 입 벌리고,
봄 하늘 쳐다보고 있었죠.

떼 지어서 새들이 날아가듯,
삐라가 하늘을 춤추고 있었죠.

우리 집 정원에는 반짝반짝,
벚꽃 되어 떨어졌어요.

비행기 하늘을 지나가 버려,
온 마을이 멍하니 있었지요.

복숭아 꽃잎

짧은, 초록의
봄풀,
복숭아가 꽃을 보냈습니다.

말라서 쓸쓸한
대나무 울,
복숭아가 꽃을 보냈습니다.

축축하고 검은
밭의 흙,
복숭아가 꽃을 보냈습니다.

하느님은
기뻐서,
꽃의 영혼을 불렀습니다.

(풀 위에서,
밭에서
흔들흔들 올라가는 아지랑이여.)

배 깡탱이

배 깡탱이는 버려야 할 것, 그러니까
깡탱이까지 먹는 아인, 구두쇠죠.

배 깡탱이는 버려야 할 것, 그렇지만
아무데나 버리는 아인, 뻔뻔한 애죠.

배 깡탱이는 버려야 할 것, 그러니까
쓰레기통에 넣는 아인, 영리한 애죠.

아무데나 버린 배 깡탱이,
개미가 이영차 끌고 간다.
"뻔뻔한 어린이, 고마워요."

쓰레기통에 넣은 배 깡탱이,
쓰레기 줍는 할아버지, 주우러 와서,
말없이 데굴데굴 끌고 간다.

액자 속

액자 속 사람들이 지나간다,
유리에 비치는 지나가는 사람들.

하얀 유카타 차림의 아주머니가,
빨간 딸기를 밟고 간다.

검은 우산 쓴 약장수는,
포도송이를 넘어서 간다.

빨간 딸기 밟을 만큼,
보라색 포도는 산만큼.

액자 속 나라는 좋은 나라,
아무도 들어갈 수 없는, 좋은 나라.

액자 속 사람들이 지나간다,
한낮의 마을 사람들이 지나간다,
혼자 있는 방도 즐겁구나.

등자나무꽃

흐느끼며
울고 있을 때
등자나무꽃 향기가 느껴집니다.

언제부턴가
앵돌아졌는데
아무도 찾으러 와주지 않고,

벽의 구멍에서
줄지어 가는
개미를 보는 것도 질렸습니다.

벽 속
창고 속
누군가의 웃음소리 나서,

생각이 나 흐느껴 울 때
그때마다
등자나무꽃 향기가 느껴집니다.

밥공기와 젓가락

정월에도
꽃이 한창,
내 베니에• 밥공기는.

사월이 와도
꽃이 안 피지,
내 초록색 젓가락에는.

• 紅繪. 먹으로 찍어 낸 그림 위에 홍색을 주로 하여 채색한 우키요에(浮世繪) 판화의 한 양식.

하늘색 돛

남자애라면

만약에 내가 남자애라면,
온 세계 바다를 집으로 하는,
저, 해적이 되고 싶어.

배는 바다색으로 칠하고,
하늘색 돛을 달면,
어디에서도, 누구에게도 들키지 않지.

넓은 대해 돌아다니면서,
강한 나라 배를 보면,
나, 으스대며 이렇게 말할 거야.
'자, 바닷물을 드리지요.'

약한 나라의 배라면,
나, 친절하게 이렇게 말할 거야.
'여러분, 당신 나라 옛날이야기
해 주세요. 한 가지씩.'

그렇지만, 그런 장난은,
그야말로 한가할 때의 일,
가장 중요한 일은,

이야기에 나오는 보석을 모두,
'옛날 옛적' 나라로 실어가 버리는,
나쁜 배를 찾아내는 것이지.

그리고 그 배 찾으면,
아주 잘 싸워서,
보물을 남김없이 빼앗아,
안 보이는 망토와, 마법의 램프,
노래 부르는 나무, 칠십 리 가는 구두…….
배에 가득 싣고,
파란 돛 가득, 바람 받으며,
파란 커다란 하늘 아래,
파란 고요한 바다 위,
머얼리 달려가고 싶어.

만약에 정말로 남자애라면,
난, 정말로 가고 싶어.

마음

어머니는
어른이고 크지만
어머니의
마음은 조그맣다.

왜냐면, 어머니는 말했습니다,
조그만 나로 가득하다고.

나는 어린애로
조그맣지만
작은 나의
마음은 크다.

왜냐면, 크나큰 어머니로도,
아직 가득해지지 않고,
여러 가질 생각하니까.

목욕탕

어머니와 함께 목욕할 땐,
난, 목욕탕이 싫어.
어머니는 날 붙잡아서,
솥처럼 닦으니까.

그래도 혼자서 목욕할 땐,
난, 목욕탕이 좋아요.

거기서 하는 일, 많지만,
그중에 가장 좋은 건,
두둥실 떠오른 나무토막에,
비누상자랑, 가루분의,
귀떨어진 작은 병 늘어놓는 것.

(그것은 근사한 잔치음식,
차려놓은 황금 테이블,
난 인도의 임금님,
흰 연꽃 붉은 연꽃 가득 피어난,
아름다운 연못에 몸 담그고,
서늘한 저녁밥 잡수시는 것.)

장난감 가지고 가는 건,
언젠가 어머니, 금지했지만,
때로는 근처의 꽃잎,
떨어져서 배가 되어 주고,
때로는 내 손가락들이,
마술을 부려 길어지죠.

아무도 알지 못하지만,
난, 목욕탕이 좋아요.

기차의 창에서

산에 빨간 것
저건 뭐야.

저것은 거망옻나무, 거망옻 단풍,
왠지 무섭군, 검붉은 색.

고향집에 빨간 것
저건 뭐야.

저건 익은 감나무 열매죠,
보기만 해도 맛있을 것 같은, 황적색.

하늘에 빨간 것
저건 뭐야.

저건 기차의 전등 그림자죠,
쓸쓸한 빨강아, 꺼진 빨강아.

다친 손가락

하얀 붕대
하고 있으면,
보기만 해도 아파서,
울었어요.

언니의 띠 빌려서,
빨간 아기 사슴 모양 매었더니
손가락은 귀여운
인형.

손톱에 얼굴을
그렸더니,
어느새, 아픔은
잊어버렸다.

나와 작은 새와 방울과

내가 양팔을 활짝 펼쳐도,
하늘을 조금도 날 수 없지만,
날으는 작은 새는 나처럼,
땅 위를 빨리는 달릴 수 없어.

내가 몸을 흔들어도,
고운 소리 나지 않지만,
저 우는 방울은 나처럼,
많은 노래 알지는 못해.

방울과, 작은 새와, 그리고 나,
모두 달라서, 모두가 좋아.

황금의 작은 새

나뭇잎이 황금으로 변했네,
나도 황금으로 변하자.

먼 나라 임금님의,
신하가 날 마중하러,
보석으로 장식한 가마 가지고,
꼭, 꼭, 꼭, 올 거야.

황금 나뭇잎 떨어졌네,
떨어져도 황금빛이네.

내일은 꼭, 변하자,
까만 내가 황금으로.

황금 나뭇잎은 썩었네,
황금이 되면, 썩는구나,
까맣게 반짝이는구나.

파도

파도는 아이,
손잡고, 깔깔대며,
몰려서 오지요.

파도는 지우개,
모래 위의 글씨를,
모두 지우고 가지요.

파도는 병사,
난바다에서 밀려와 단번에,
쾅쾅쾅 대포를 쏘지요.

파도는 잊어버리기 대장,
곱디고운 조개껍질,
모래 위에 두고 가지요.

낙엽

뒤곁에는 낙엽이 가득하다,
아무도 모르는 그 사이에,
말끔히 쓸어 놓을까요.

혼자서 하려고 생각했더니,
혼자서 기쁜 마음 되었다.

쓰윽, 하고 한 번 쓸었을 때에,
밖에 악대가 왔다.

다음에, 다음에, 하고 뛰어나가서,
거리의 모퉁이까지 쫓아갔다.

그리고 돌아와서 보니
누군가, 깨끗이 쓸어 놓았다,
낙엽, 남김없이 사라져 버렸다.

바다와 산

바다에서 오는 것
뭘까?

바다에서 오는 것
여름, 바람, 물고기,
바나나 바구니.

그리고, 새로 지은 배를 타고,
바다에서 오는 것
스미요시 축제.•

산에서 오는 것
뭘까?

산에서 오는 것
겨울, 눈, 작은 새,
석탄 실은 말.

• 야마구치현 나가토시 오미지마 가요이우라(青海島通浦)의 스미요시신사(住吉神社)에서 열리는 축제.

그리고, 흔들흔들 흔들리는 잎사귀 타고,
산에서 오는 것
설날.

여왕님

내가 여왕님이라면
온 나라의 과자장수 불러 모아,
과자의 탑을 만들게 해서,
그 꼭대기에 의자 놓고,
벽을 뜯어먹으면서,
여러 가지 포고문을 쓰자.

제일 먼저 쓸 것은,
"우리 나라에 사는 자는
어린이 혼자 집에 두는 것을
허락하지 않노라."

　　그런다면, 오늘 나처럼
　　쓸쓸한 어린이는 없겠지요.

그리고, 다음에 쓸 것은,
"우리 나라에 사는 자는
나의 공보다 큰 공을
누구도 가질 수 없노라."

그런다면 나도 큰 공을
갖고 싶어지지 않겠지요.

석류 잎과 개미

석류 잎에 개미가 있었다.
석류 잎은 넓었다,
파랗고, 그늘진, 그 위에,
잎은 조용히 있었다.

그렇지만 개미는, 아름다운,
꽃을 사모해서 길을 떠났다.
꽃에게 가는 길은 멀었다,
잎은 말없이 그걸 보고 있었다.

꽃의 곁에까지 왔을 때,
석류꽃은 지고 말았다,
축축한 검은 정원 흙에.
잎은 말없이 그걸 보고 있었다.

아이가 그 꽃을 주워서,
개미가 있는 줄도 모르고,
손에 쥐고 달려가 버렸다.
잎은 말없이 그걸 보고 있었다.

뒷밀이

짐수레 뒷밀이,
하나 둘 셋.
이엉차, 무거워라
오르막길,
땀이 방울방울,
땅으로 스며든다.

짐수레 뒷밀이,
하나 둘 셋.
이런이런 너무 빨라
내리막길,
길의 돌멩이가,
줄무늬 된다.

짐수레 뒷밀이,
하나 둘 셋.
땅만 보고 가다보니,
새빨간 장미가,
있었다.

살아 있는 비녀

애보개 통통한 애, 어부네 딸
텁수룩한 머리털, 이게 좋겠군,
참새가, 둥지 지으러 날아왔다가,
빨간 달리아 불타고 있어,
앗, 뜨 뜨거워
날아가 버렸다.

저물녘엔 시들어버린 비녀,
머리에서 빼내어 버리고,
물가에서 돌아온 어머니께,
머리 묶는 어부네 딸.
참새는 처마에
둥지를 틀었다.

요지경

요지경
들여다보는 애는
모두 조무래기 애들.

작년까지
어머니와,
참배하러 갈 때마다, 이 앞을,
곁눈질로 보며보며
다녔다,
손가락 입에 물고
다녔다.

오늘은
혼자서 왔고,
반짝이는 은전도 있지만.
요지경
보는 애는,
이번에도 조무래기 애들뿐.

토요일 일요일

토요일은 잎사귀
일요일은 꽃이죠.

일력•의
잎사귀 따는,
토요일 밤은
즐겁죠.

꽃은 머지않아
시들어 버리죠.

일력의
꽃을 따는,
일요일 밤은
쓸쓸하죠.

• 그날의 날짜, 요일, 일진(日辰) 따위를 한 장에 적어 매일 한 장씩 떼거나 젖혀 보도록 만든 달력.

개와 동박새

커다란, 개가 짖는 건,
너무너무 싫지만,

작은 동박새가 우는 소린,
너무너무 좋아요.

내가 우는 소린,
어느 쪽에 가까울까?

인형과 아이

(인형)

일, 이, 삼,
아가씨가 지금 눈을 깜빡깜빡 해요,
그 사이에 재빨리 기지개 켜자.

(아이)

어머, 어머, 어머,
버릇없는 인형이군,
방금, 앉혀 줬구먼.

산 아이 바다 아이

읍내 보고 온 산 아이야,
읍내에 무엇이 있더냐?

저물녘 네거리 붐비는 사람 속에,
밟히지도 않고 찔끔,
숲속의 외딴집 등불마냥,
수유 열매가 엎질러져 있었어요.

읍내 보고 온 바다 아이야,
읍내에 무엇이 있더냐?

전찻길 물웅덩이,
그 속의 맑은 푸른 하늘에,
쓸쓸한 낮별마냥,
비늘이 떠 있었어요.

대장

내가 대장이 되었을 때,
뒷골목 짓궂은 애가 버릇없이 군다면,
하늘 보고, 따가닥, 따가닥
말을 달리자.

내가 대장이 되었을 때,
논의 허수아비가 버릇없이 군다면,
정중하게 무례함 되갚아 주자.

내가 대장이 되었을 때,
아버지가 와서 무례하게 군다면,
내 말을 태워 드리자.

이상함

난 이상해서 견딜 수 없어,
검은 구름에서 내리는 비가,
은빛으로 빛나는 것이.

난 이상해서 견딜 수 없어,
파란 뽕잎 먹고 있는,
누에가 하얗게 되는 것이.

난 이상해서 견딜 수 없어,
아무도 손대지 않는 박꽃이,
혼자서 활짝 펴나는 것이.

난 이상해서 견딜 수 없어,
누구에게 물어봐도 웃으면서,
당연하지, 라고 말하는 것이.

팽이치기

언젠가는 딱지가 유행했다,
언젠가는 새총이 유행했다,
모두 학교에서 금지됐다.

요즈음 유행한 팽이치기도,
또 학교에서 금지됐다.

누구나 숨어서 모두 한다,
때로는 나도 하고 싶어진다.

그렇지만, 난 생각한다,
걷는 것조차 금지된,
돌과 풀과 나무가 있다는 것을.

짐마차

말은
제 그림자의,
이상한 귀를 밟고 싶어서,
땅만 보고 바쁘게 걸어갑니다.

마차 주인은
텅 빈 마차 위,
커다란 담뱃대 옆에서,
한가롭게 하늘을 보고 있습니다.

하늘에는
구름이 빛나고,
지난 밤 화재는 거짓말 같아.
마을에도 곧 봄이 올 겁니다.

제자리걸음

고사리 같은 구름 생기고
하늘에는 봄이 왔어요.

혼자서 푸른 하늘 보고 있으면
혼자서 제자리걸음 하고 있지요.

혼자서 제자리걸음 하고 있으면
혼자서 웃음이 나온답니다.

혼자서 웃으면서 있다 보면
누군가가 웃으며 오고 있지요.

탱자나무 울타리 싹을 틔우고
좁다란 샛길에도 봄이 왔어요.

가게놀이

살구나무 그늘,
세 칸의 가게,
가게는 달라도,
죽 나와 있는 건,
똑같은 풀 나부랭이,
이름 없는 풀 나부랭이,
이름이 없으니
뭐든지 되지요.

과자가게에선
거북이알 전병,•
나막신 가게에선
조리에 곳포리,••
생선가게에선
새끼도미에 넙치지요.
자아, 개시요,
누구든지 오세요,
조약돌 돈
잔뜩 가지고.

• 밀가루나 쌀가루를 반죽하여 얇게 구운 과자.
•• 나무의 밑바닥을 파서 만든 소녀용 게다.

세 칸 늘어선
가게 위엔,
살구꽃이
나풀나풀 지지요.

어부네 아이의 노래

나는 바다로 나갈 거야.
　　언젠가 어른이 되면
　　그리고 이렇게 잔잔한 날에
　　해변의 조약돌에게 보내져서
　　외돌토리로 용감하게.

나는 섬에 도착할 거야.
　　무서운 폭풍에 떠밀려서
　　이렛날 이레 밤 동이 틀 무렵
　　언제나 내가 생각하고 있는
　　저기, 저, 섬 그 기슭에.

나는 편지를 쓸 거야.
　　혼자서 지은 오두막 속
　　혼자서 딴 빨간 열매를
　　혼자서 즐겁게 먹으면서.
　　먼 우리 나라• 여러분들, 이라고.
　　(그렇지, 편지를 가지고 갈,
　　비둘기도 태우고 가지 않으면.)

• 원문에는 일본으로 되어 있다.

그리고 나는 기다릴 거야.
　　언제나, 못살게 굴던
　　마을의 아이들 모두 함께
　　나에게 놀러 오는
　　빨간 배 보이는 것을

그렇다, 나는 기다릴 거야.
　　꼭 이렇게 뒹굴면서
　　파란 하늘과 바다를 보며.

센자키 팔경

하나즈라(花津浦)•

해변에서 하나즈라 바라보며,
“옛날에, 옛날에”라고
들었어요.
해변에서 하나즈라 볼 때마다,
마음 쓸쓸하게
생각이 나요.

“옛날에, 옛날에”라고
하나즈라
그 이름의 연고 들려주던
우체국 아저씨는,
어디에서 뭘 하고 있을까.

저 하나즈라의
꽃 넘어서,
배는 머얼리
사라졌어요.

• 나가토시 센자키(가네코 미스즈의 고향)에 있는 높이 20미터, 직경 8미터의 굴을 가진 작은 바위섬. 하나즈라란 ‘소의 고끝’이라는 의미와, 사랑하는 자신의 아이를 안고 조선을 바라본 스사노오노미코토(須佐之男命)가 ‘헤어지기 괴롭다(離れ辛い)’고 한 것에서 유래했다는 설이 있다.

지금도, 석양에 바다는 타고,
지금도 배는 난바다를 가요.

"옛날에, 옛날에"여
하나즈라여,
모두 옛날이 되었어요.

벤텐섬(弁天島)

"너무나 귀여운 섬이어서
여기 두긴 아까운 섬이어서,
가져가겠다, 그물로 건져서."

북쪽 나라 뱃사람이,
어느 날, 웃으며 말했습니다.

거짓말, 거짓말이야 하고 생각했지만,
밤이 깊으니, 마음에 걸려,

아침엔 가슴이 두근두근,
달려서 해변에 갔습니다.

벤텐섬은 파도 위에,
황금의 햇빛에 싸여서,
여전히 푸르게 있었습니다.

오지산(王子山)

공원을 만들면서 심은,
벚나무는 모두 시들었지만,

베인 잡목의 그루터기엔,
모두 싹이 텄다, 싹이 자랐다.

나무 사이로 반짝이는 은빛 바다,
나의 마을은 그 속에,
용궁처럼 떠오른다.

은빛 기와와 돌담과,
꿈속인 양 안개에 가렸다.

오지산에서 마을을 보면,
난 마을이 좋아져.

말린 정어리 냄새도 여기엔 오지 않아,
어린 싹 자라는 향기가 날 뿐.

고마쓰바라(小松原)•

고마쓰바라,
소나무가 적어졌어요.

언제나 큰톱장이 할아버지,
커다란 재목을 켜고 있어요.

밀었다가, 당겼다가, 그때마다,
흰 돛단배 보였다가, 숨었다가,

갈매기도 날아요, 파도 위에서,
종다리도 지저귀네요, 하늘 속에서.

바다도 하늘도 봄이지만,
소나무와, 큰톱장이는 쓸쓸해 보여.

여기저기 새로운,
집이 생기고,
고마쓰바라,
소나무는 적어졌어요.

• 가네코 미스즈의 고향인 센자키에 있는 지명으로 '마쓰바라(松原)'는 '소나무벌판', '고마쓰바라'는 '잔솔나무 벌판'의 의미를 지녔다.

고쿠라쿠지(極樂寺)•

고쿠라쿠지 벚나무는 겹벚꽃,
겹벚꽃,
심부름 갈 때 보고 왔지요.

옆 동네 네거리 돌아갈 때에,
돌아갈 때에,
곁눈으로 흘끗 보고 왔지요.

고쿠라쿠지 벚나무는 흙벚꽃,
흙벚꽃,
흙 위에서만 피더군요.

미역주먹밥 도시락 갖고,
도시락 갖고,
벚꽃 보러 갔다가 보고 왔지요.

• 가네코 미스즈의 고향 센자키에 있는 절.

파도의 하시다테(橋立)

파도 치는 하시다테 아름다운 곳,
오른편은 호수, 논병아리 잠수하고,
왼편은 외해, 흰 돛단배 지나가지,
그 안의 마쓰바라, 고마쓰바라,
살랑살랑 바람이 분다.

　　바다 갈매기
　　호수의
　　오리하고 놀다가
　　날 저물고,
　　파란 달 뜨면
　　호수의 주인
　　해변에서
　　조개를 줍네.

파도 치는 하시다테, 아름다운 곳,
오른편은 호수, 남실남실 파도여,
왼편은 외해, 우르릉 탕탕 파도여,
그 안의 이시하라, 고이시하라,•
달강달강 지나가네.

• '이시하라(石原)'는 '돌 들판', '고이시하라(小石原)'는 '자갈 들판'의 의미를 지니고 있다.

오토마리항(大泊港)

산 축제에서 돌아오는 길,
배웅해 준 고모님과,
헤어져서 고개를 내려올 때,
삼나무 우둠지에 반짝반짝
고운 바다 빛나고 있었다.

바다에 돛단배, 정박한 배,
기슭에 드문드문 초가지붕,
모두 하늘에 있는 듯,
모두 꿈속에 있는 듯.

고개를 내려오면 메밀밭
밭의 끝머리에 보이는 것은,
저것은 역시, 오토마리
오래된 쓸쓸한 항구입니다.

기온사(祇園社)•

우수수
솔잎 떨어지는
궁의 가을은
쓸쓸하구나.

엿듣던 노래여
가스등불이여,
빨간 띠 맨
조개관자••여.

지금은
부서진 얼음가게에,
솔솔솔
가을바람만 부네.

• 733년에 센자키 오지야마(王子山)에 세워졌다는 신사. 파손으로 인하여 여러 차례 옮겨지었으며 메이지 정부의 신불분리정책에 의해 야사카신사(八坂神社)로 개칭되었다.

•• 조개껍데기에 조갯살이 붙어 있게 하는 단단한 근육. 폐각근(閉殼筋), 패주(貝柱)라고도 한다.

고래잡이

눈

아무도 모르는 들녘 끝에서
파란 작은 새가 죽었습니다.
　　춥디추운 해 저물녘에

그 주검 묻어 주려고
하늘은 흰 눈을 뿌렸습니다.
　　깊이깊이 소리도 없이

사람들은 모르는 마을에
집도 함께 서 있습니다.
　　하얗고 하얀 장옷을 입고

이윽고 어슴푸레 밝아오는 아침
하늘은 빼어나게 맑았습니다.
　　파랗게 파랗게 아름답게

조그맣고 어여쁜 영혼
하느님 나라 가는 길
　　넓고 넓게 열기 위해서

밤이랑 감이랑 그림책이랑

큰아버지네서 밤이 왔다,
단바•의 산밤이 왔다.

밤 속에는 단바의 산
솔잎 한 가닥이 들어 있었다.

작은어머니네서 감이 왔다,
분고••의 시골 감이 왔다.

감꼭지에는 분고 고장의
작은 개미 한 마리가 들어 있었다.

읍내 나의 집에서는,
예쁜 그림책을 보냈다.

그런데 소포를 열었을 때,
그림책 외에, 무엇이 있을까?

• 丹波. 옛 지명의 하나로 지금의 교토(京都)의 일부와 효고현(兵庫縣)의 일부.
•• 豊後. 옛 지명의 하나로 지금의 오이타현(大分縣)의 대부분.

해바라기

해님의 수레바퀴,
황금의 아름다운 수레바퀴.

푸른 하늘 지날 때에는,
황금의 울림소리 났습니다.

하얀 구름 속 갈 때에,
본 것은 조그만 검은 별.
하늘에서도 땅에서도 아무도 모르는,
검은 별 치지 않으려고,
황급히 구부러진 수레바퀴.

해님은 내던져져,
새빨갛게 화가 나서,
황금의 아름다운 수레바퀴
아득한 인간 세상으로 버려졌다,
옛날, 옛날에 버려졌다.

지금도, 황금의 수레바퀴,
해님이 그리워서 돌아갑니다.

십삼일 밤•

오늘 아침나절 지나간
지나가는 비,
안개가 섞여 있었습니다.

어제부터
갑자기 차가운 바람 불어,
어머니는 장지문 발랐습니다.

지금은 구름조차
보이지 않고,
싸늘하게 선명한 십삼일 밤.

이 풀숲에서
우는 벌레 소리,
갑자기 적어졌습니다.

• 음력 13일 밤, 특히 음력 9월 13일 밤. 이날의 달은 음력 8월 보름달 다음으로 아름답다고 한다.

할머니의 병환

할머니의 병환으로,
마당엔 풀이 무성합니다.

꽃필 무렵엔 아침마다,
부처님께, 라며 꽃을 자르고 계셨는데,
장미 잎은 구멍투성이,
솔잎, 모란도 시들었습니다.

이웃집서 오는 닭도,
웬일일까 고개를 갸우뚱.

낮에도 덩그러니 쥐죽은 듯,
가을바람 불고 있어,
빈집같이 되었습니다.

고래잡이

바다가 우는 밤은
겨울밤은
알밤 굽고 구우며
들었습니다.

옛날 옛날의 고래잡이,
이곳 이 바다, 시즈가우라.•

바다는 거친 바다, 계절은 겨울,
바람에 휘날리는 것은 눈꽃,
눈과 뒤섞여 춤추는 작살의 밧줄.

바위도 잔돌도 보랏빛인,
평소에는 물조차 보랏빛인,
기슭조차 빨갛게 물이 든단다.

두툼한 솜옷 껴입고,
뱃머리에 지켜보고 서서,

• 시즈가우라(紫津か浦)는 가네코 미스즈의 고향 센자키만에 접해 있는 오우미지마의 만.

고래가 힘 빠지면 순식간에,
획 벗어던진 알몸뚱이,
용솟음치는 파도에 뛰어드는,
옛날, 옛날의 어부들—
듣고 있는 가슴도
춤을 춥니다.

지금은, 고래는 더 오지 않아,
포구는 가난뱅이 되었습니다.

바다가 웁니다.
겨울밤을,
이야기 끝나면,
문득 깨닫고 보면—

눈에게

바다에 내리는 눈은, 바다가 된다.
거리에 내리는 눈은, 진흙탕 된다.
산에 내리는 눈은, 눈으로 있다.

하늘에 아직 있는 눈,
어느 쪽이 좋으니.

커다란 목욕탕

엄청나게 큰
커다란 목욕탕.
목욕통은 흰모래,
천장은 푸른 하늘,
누가 들어가려 해도
목욕료는 필요 없어.

여긴 나와 수박껍질이,
거긴 동생과 장난감 거북이,

보이지 않는 어딘가의 가장자리엔,
중국의 어린이도 몸 담그고,
까만 인도의 어린이도 놀지.

온 세계 이어진
커다란 목욕탕,
멋진 목욕탕.

모퉁이 건어물 가게의
—내 곁의 집, 정말로 이러했다

모퉁이 건어물 가게의
소금가마니
햇볕이 쨍쨍
이제 기우뚱.

두 채째 빈집의
빈 가마니
버려진 강아지 뒹굴뒹굴
기어들었다.

세 채째 주막의
숯가마니
산에서 온 말
여물 먹는 중.

네 채째 책방의
간판,
그늘에서 나는
바라보고 있었다.

노래

감기 나아서
밖에 나가니
모두 민소매 입고 있었어요.

모두 부르는
노래 들으니
"호오이, 호오이, 임금님 가마꾼."

모르는 그 노래
들으며
팔짱끼고 산을 보니,
산은 단풍이 들었어요.

일요일 아침

파란 양복 입은 이는
아버지하고,
둥근 지붕 교회당에
갔습니다.

하얀 앞치마 두른 이는
어머니하고,
네거리에서 아침 신문
팔고 있습니다.

여름이 왔습니다.
파란 하늘.

예배당의
둥근 지붕에,
어제 온 제비가 앉아서
보고 있습니다.

일요일 오후

이 손바닥 안에 든 것은,
청과 백의
열두 조각 대나무.•

대나무로 놀던 미쨩은,
불려서 심부름 갔습니다.

아침부터 걱정하고, 여태껏,
복습하지 않은 일요일
놀이에 지친, 간식•• 지난 시간.

맑은 하늘에 있는 것은,
목욕탕 굴뚝
한낮의 달.

• 평평하게 세공한 대나무 조각 열두 개를 손등에 올려놓고 손을 움직이면서 떨어뜨려, 그 표면과 이면의 수 등으로 승패를 정하는 아이들의 놀이. 주니타케(十二竹)
•• 오후 세시 전후에 먹는 간식.

언덕 위에서

머리 위엔 푸른 하늘
발밑엔 파란 풀.

옛이야기 그림에서 본 것은,
아름답고 아름다운 여왕님.

그렇지만 황금관은,
푸른 하늘보다 작고,

아름다운 황금의 그 구두도
파란 풀보다 딱딱할 거야.

머리 위엔 푸른 하늘
발밑에는 파란 풀.

언덕에 서 있는 나야말로,
더 멋진 공주님.

자장가

잘 자라 자장자장,
해 저물녘엔,
뜯어 온 빨간 자운영도
자장자장 하지요.
가느다란 녹색의
목 늘어뜨리고.

잘 자라 자장자장,
해 저물녘엔,
저 언덕의 하얀 집도
자장자장 하지요.
파란 유리의
눈을 감고.

잘 자라 자장자장,
해 저물녘에,
어슴푸레 눈뜨는 것은
전등의 전구와,
일렁이는 숲
수리부엉이뿐.

광고탑

안녕히,
안녕히 —

기차 꽁무니 빨간 등은,
아득한 어둠 속으로 사라졌어요.

체념하고,
한 바퀴 빙 돌면
화사한,
봄의 아름다운 밤거리 하늘.

광고탑 빨간 등은,
잠깐 새에 파래졌어요.

주니타케(十二竹)•

이 관•• 빌린
짜증을
부릴 곳 없어
던져버린,
대나무 겉면의
짙은 녹색을,
선명하고 새하얗게
비추는,
툇마루 햇살의
화창함.

주니타케
돌려주기 속상해서
던져버리고,
찔끔 눈물
번지는 눈에—

• 대나무 조각 열두 장으로 하는 아이들의 놀이.
•• 옛날의 화폐 단위. 1관은 1천 문.

조그만 무덤

조그만 무덤,
동그란 무덤,
할아버지 무덤.

배롱나무꽃이,
비녀가 되었었다.
작년의 일이야.

오늘 와서 보니,
새 무덤,
새하얗게 서 있다.

옛날 무덤,
어디로 갔나,
석수장이에게 보냈나.

올해도 꽃은,
배롱나무꽃은,
무덤 위에 지고 있다.

고래 법회

고래 법회는 봄의 저물녘
바다에서 날치가 잡힐 무렵.

바닷가 절에서 울리는 종소리
흔들리며 수면을 건널 때

마을 어부 하오리• 입고
바다의 절로 서둘러 갈 때

앞바다에서 새끼 고래 한 마리
그 울리는 종소리 들으며

죽은 아빠 엄마
그리워, 그리워서 울고 있지요.

바다 위를 종소리는,
바다의 어디까지 울려 퍼질까.

• 羽織. 일본의 전통 의상으로 위에 입는 짧은 겉옷.

초하루

초하루, 초하루,
너무나 깨끗한 아침의 하늘,
오늘부터 난 홑옷입니다.

초하루, 초하루,
순경 아저씨도 하얀 복장,
검은 상장이 눈에 띕니다.

초하루, 초하루,
밤에는 스님이 오십니다,
다음에 과자가 내려옵니다.

초하루, 초하루,
너무나 멋진 쾌청한 날입니다,
오늘부터 마을은 여름입니다.

달마 나르기•

백군 이겼다.
백군 이겼다.
나란히 손을 들어
"만세!"
홍군 쪽을 향하여
"만세!"

말이 없는
홍군이여,
가을 한낮의
햇빛
흙투성이 되어서, 뒹굴어서
빨간 달마가 빛나고 있다.

한 번 더
선생님 말씀
"만세!"
조금 작은 소리 되었습니다.

• 종이를 붙여 만든 큰 달마를 빨리 나르는 쪽이 이기는 경기로 줄다리기와 함께 가을 운동회의 주요 경기 종목이었다.

저물녘

어두운 산에 빨간 창,
창 안엔 무엇이 있나.

텅 빈 요람과,
눈물 글썽이는 어머니와.

환한 하늘에 황금의 달,
달 위엔 무엇이 있나.

저건 황금의 요람이죠,
그 갓난아기 자장자장 하고 있는.

감기

바람 불면 향기 나는
등자나무꽃이여,
등자나무 밭
등자나무에
난 어제,
그네를 맸다.

오늘은 감기죠
잠자리 속이죠,
아까 온 건
텁석부리 의사,
쓴 약
줄 거야.

새하얗게
향기로운
등자나무꽃이여.

각다귀의 노래

붕, 붕,
나무 그늘에서 찾았지, 유모차,
자장자장 갓난아기, 귀여워라,
살짝 뽀뽀해 주마, 뺨에.

앙, 앙,
이런이런, 갓난아기 울어댄다,
애보개 어디 갔나, 꽃 뜯으러 갔나,
날아가서 일러주자, 귓가에.

철썩, 철썩,
웬걸, 위험해, 아아 무서워,
갑자기 얻어맞았다, 손바닥이다,
목숨, 건졌네, 이봐, 이봐요.

붕, 붕,
덤불속 집은 어둡긴 해도,
역시 집으로 돌아갈거나,
돌아가, 엄마랑 잠잘거나.

춤추는 인형

춤추는 인형은, 상자 위,
오늘도, 양북치기,• 빙글빙글.

앞에는 야시장 가스등에,
갖고 싶어 하는 듯한 얼굴 일고여덟.

빙그르 돌면 어두운 바다,
배의 등불 깜박깜박.

춤추는 인형은, 건너서 왔다,
먼 바닷길 생각하면서,

눈에는 눈물이 흘러넘쳐도,
발은 쉬지 않고 빙글빙글.
다시 한 번 돌면, 가스등에,
깊은 밤 유카타 차림 아이가 둘.

• 혼자서 대고와 소고를 치는 것.

모르는 아주머니

혼자서 삼나무울타리
내다보고 있었더니,
모르는 아주머니
울타리 밖을 지나갔다.

아주머니, 하고 불렀더니
아는 척 웃었다,
내가 웃었더니
더 많이 더 많이 웃었다.

모르는 아주머니,
좋은 아주머니구나,
꽃핀 석류에게
모올래 갔지요.

수수께끼

께끼께끼 수수께끼 뭐게?
많이 있는데, 가질 수 없는 게 뭐게?
　　파란 바다의 파란 물,
　　그건 움켜쥐면 파랗지 않아.

께끼께끼 수수께끼 뭐게?
아무것도 없는데 가질 수 있는 게 뭐게?
　　여름 한낮 작은 바람,
　　그것은 부채로 건져낼 수 있어요.

파도의 자장가

메아리신가요

"노~ㄹ자!"라고 말하면
"노~ㄹ자!"라고 말해요.

"바~보!"라고 말하면
"바~보!"라고 말해요.

"이제 안 놀아!"라고 말하면
"안 놀아!"라고 말해요.

그러고서, 다음엔
쓸쓸해져서,

"미안해!"라고 말하면
"미안해!"라고 말해요.

메아리신가요?
아니오, 아무도.

숫자

둘에 셋 하면 다섯이죠.
다섯에 일곱 하면 열둘이죠.

일 학년이 되어선,
해변의 조약돌 주우러 가서,
그걸로 셈하기 배우죠.

몇만, 몇천, 몇백을,
나누었다가, 곱했다가, 더했다가,
그런 계산하는 지금은,
산타할아버지만큼이나,
조약돌 짊어져야 할 텐데.

가벼운 연필 한 자루로,
쓸 수 있는 숫자는, 신나는구나.

영리한 버찌

너무나 영리한 버찌,
어느 날, 잎 그늘에서 생각한다.
기다리자, 난 아직 파래,
버릇없는 아기 새가,
콕콕 쪼면 배가 아파져,
숨어 있는 게 속 깊은 거야.
　　그래서 숨었다, 잎사귀 뒤,
　　새도 못 보지만, 해님도
　　찾지 못하니까 단풍들지 않았다.

이윽고 익었지만 버찌,
아직도 잎 그늘에서 생각한다.
기다려요, 나를 키워준 건,
이 나무이고, 이 나무를 키워준 건,
저 늙은 농부야,
새에게 빼앗기면 안 돼.
　　그래서 농부가 바구니 들고,
　　따러 왔지만, 버찌,
　　숨어 있어서 홀로 남았다.

이윽고 아이들 두 명이 왔다,

그래서 또다시 생각한다.
기다리자, 아이는 둘인데,
그런데 나는 단 한 개,
싸움 시켜선 안 돼,
떨어지지 않는 게 속 깊은 거야.
　그래서 떨어진 건 한밤중,
　검은 커다란 구두가 와서,
　영리한 버찌를 짓밟아 버렸다.

산과 하늘

만약에 산이 유리라면,
나도 도쿄를 볼 수 있게.
— 기차로
　떠난,
　오빠마냥.

만약에 하늘이 유리라면,
나도 하느님 볼 수 있게.
— 천사가
　된
　여동생마냥.

잠옷

여덟 시를 칩니다,
시계가,
잠옷을 입힙니다,
어머니는.

하얀, 하얀, 잠옷을,
입고 자면,
하얀 꿈만 꾸지요.
꽃 달린 낮에 입는 꼬까옷,
입고 잤으면,
꽃이 될 수 있게.
나비 달린 외출복
입고 잤으면,
나비가 될 수 있게.

그렇지만 어머니가
입혀 주시니까,
말없이 입지요.
하얀 잠옷.

장난감 없는 아이가

장난감 없는 아이가
쓸쓸해 한다면,
장난감을 주면 낫겠죠.

엄마 없는 아이가
슬퍼한다면,
엄마를 주면 기뻐하겠죠.

엄마는 다정하게
머리를 쓰다듬어 주시고,
장난감은 상자에서
넘쳐 나오는데,

그런데도 내가
쓸쓸한 건,
무엇을 받아야 나을까요.

파도의 자장가

잘 자라, 자장자장, 처얼썩,
철썩, 철썩, 잘 자라.

　　바닷속엔 아기 조개,
　　물풀 요람에서 자장자장.

잘 자라, 자장자장, 처얼썩,
한가위 달님, 벌써 높다랗게.

　　바다의 물가엔 아기 게가,
　　모래 요람에서 자장자장.

철썩, 처얼썩, 잘 자라,
새벽녘 샛별 하얘질 때까지.

학교
— 사람에게 보냄

얼음이 녹으면
호수
밑바닥에 잠긴 학교는
있을까요.

갈댓잎 그늘에
비쳐서 흔들리던
빨간 기와여
흰 벽이여.

갈대는 마르고
학교는 흔적 없이
사라졌지만,

얼음이 녹으면
호수에
옛날의 그림자 있을까요.

갈대가 파래지면
그 밑에서
종이 울리는 날도 돌아올까요.

이른 봄

날아온
공이,
뒤에서 아이에게.

떠 있는
연이,
바다에서 뱃고동 소리를.

날아온
봄이,
오늘의 하늘 푸르름을.

떠 있는
마음,
먼 달의 힘.

내일

거리에서 만난
엄마와 아이
얼핏 들은 말은
'내일'

거리의 끝은
저녁놀 붉은 놀
봄이 가까운 걸
알 수 있는 날.

왠지 나도
즐거워져서
생각난 건
'내일'

나팔꽃

파란 나팔꽃 저쪽 보고 피었다.
하얀 나팔꽃 이쪽 보고 피었다.

　　벌 한 마리
　　두 송이 꽃에.

　　한 분 해님
　　두 송이 꽃에.

파란 나팔꽃 저쪽 보고 시드네.
하얀 나팔꽃 이쪽 보고 시드네.

　　그리고 끝,
　　그럼, 안녕.

동상

동상 걸린 데
슬며시 가려운, 봄인 듯 따사로운 초겨울 햇볕에,
뒤꼍의 산다화는 피었습니다.

그 꽃 꺾어서 머리에 꽂고,
동상 자리 바라보고 있었더니,
문득, 내가 이야기 속,
의붓자식인 양 생각이 들어,

연노랑 맑은 하늘조차,
왠지 쓸쓸해졌습니다.

두루미

신사 연못의
두루미야.

네가 보면
온 세계의 것은,
뭐든지, 그물눈이
쳐져 있겠지.

    저렇게 파란 하늘에도,
    작은 나의 얼굴에도.

신사 연못의
두루미가,
그물 속에서 조용히
깃을 칠 적에.

산 하나 저쪽을
기차가 갔다.

빨간 구두

하늘은 어제도 오늘도 파랗고,
길은 어제도 오늘도 하얗다.

도랑가에도 꽃이 피었다,
작은 별꽃이 피었다.

아가도 꼬까옷 가벼워져서,
한 발짝, 두 발짝, 걸어 나갔다.

한 발짝 떼고는 장한 듯,
깔깔, 까르르, 소리 지르고,

새로 산 빨간 구두로,
아가야, 걸음마, 봄이 왔단다.

어두운 밤

어두운 넓은 들판에서,
누군가 옛 노래를 부르고 있다.

높은 대에 늘어선 창의 등불,
그림자에 한 개 어두워진다.

먼 커다란 도시의 하늘,
부옇게 사금을 뿌리고 있다.

빨래 건조대에 혼자 서서,
밀감 먹으며 먹으며 바라보고 있다.

찔레꽃

하얀 꽃잎
가시 속에 있네,
"아아, 아프겠다."
산들바람이,
달려서 도와주러
갔더니,
하르르, 하르르
졌습니다.

하얀 꽃잎
땅바닥에 있네,
"아아, 춥겠다."
해님이,
살짝 비추어서
녹여 주었더니
갈색이 되어서
시들었습니다.

히나마쓰리의 밤

벌레 먹은 이가 아파
이가 아파,
부슬부슬 가랑비 오는
히나마쓰리의 밤.

등롱의 불빛도
어느새 꺼져
나인도 하인도
잠들었을 거야.

자면서 보이는 건
희끄무레 하얀
벌거숭이 인형의
발바닥.

벌레 먹은 이가 아파
이가 아파,
밤이 깊어서 쓸쓸한
히나마쓰리의 밤.

지저깨비• 줍기

조선인 아이, 뭘 뜯니,
자운영이 피었니, 쑥이니.
　　아니아니, 풀은 시들었습니다.

조선인 아이, 무슨 노래하니,
조선인의 노래니.
　　아니아니, 일본의 동요입니다.

조선인 아이, 즐겁게,
흘린 지저깨비 줍습니다.
　　제재소 뒤 공터에서.

지저깨비 주워서, 다발로 묶어,
머리에 이고 돌아갑니다.
　　작은 오두막에서, 어머니하고,
　　홀홀 빨간 불 피워
　　아버지 돌아오길 기다리려고.

• 나무를 깎거나 다듬을 때에 생기는 잔 조각.

말라깽이 나무

숲속 구석의 나무가 말했다.
"아름다운 작은 울새 씨,
나의 가지에도, 놀러 오시죠."

거만한 울새는,
다른 잔가지에서 노래하고 있었다.
"빨간 열매도 없고, 꽃도 없는,
말라깽이야, 너는.
숲의 여왕이 부르지 않거든."

(누군가 듣고 있었다,
누구일까,
듣고 하늘로 알리러 갔다.)

거만한 울새가,
저물녘에 또 와서 질겁한 것은,
말라깽이 나무, 그 가지 끝,
반짝이는 황금의 나무 열매.

(둥근, 한가위 달님.)

숨바꼭질

숨바꼭질, 숨어~ㅆ다.
다로도, 지로도, 숨어~ㅆ다.
뒷문에 힘없이, 술래 혼자뿐.
　　(해바라기 돌았다,
　　오 분쯤 돌았다.)
숨바꼭질, 뭐하고 있나.

한 명은 뒤꼍의 감나무에서,
파란 감 열매 쥐어뜯고 있다.
한 명은 저물녘 부엌에서,
냄비의 김이라도 바라보고 있나.

그리고 술래 씨, 뭐하고 있나.

나팔 소리에 뛰어나가,
마차에 붙어서 가버렸다.

뒷문에 서 있는 건 오동나무의
조용하고, 높다란, 그림자뿐.

새벽녘의 꽃

신사의 북은 울렸지만,
꽃의 눈은 아직 졸려.

희읍스름 밝아오는 아지랑이 속,
멀리서 울리다가, 가까이 다가와,
점점 사라지는 수레바퀴 소리를,
꽃은 멍하니 듣고 있다.

꿈에 섞여서, 그 소리는,
멀리, 머얼리, 알 수 없는 시골로,
꽃의 마음 태우고 간다.

이름 없는 풀꽃들은,
어제의 먼지, 오늘 아침 이슬,
얹은 채로, 길가에서,
꾸벅꾸벅 꿈꾸고 있다.

승아

승아, 승아
찾았다.
콩밭 두렁길에서.

먼 고향집, 그 시절이여,
벌써 잊었나, 그 맛이여.

　　여기는 큰 도시의 뒤쪽,
　　산 하나 넘어, 계단밭,
　　뿌우, 하고 우는 것은 기선의 고동,
　　끼룩, 하고 울리는 것은, 무슨 소린가.

승아, 승아
맛을 보며,
아득한 하늘 보았을 때,

무슨 새일까, 저 철새,
떼 지어, 조그맣게 날아갔습니다.

개구리

미운털 박힌 녀석,
미운털 박힌 녀석,
이제나, 저제나, 누구한테나.

비 안 오면, 풀들이,
“뭐야, 개구리 녀석, 게으름 펴서” 하고,
그걸 우리들이 알 수 있나.

비 오면 아이들이,
“저 녀석, 우니까 비 온다” 하고,
모두들 돌멩이를 던진다.

그것이 슬퍼, 억울해,
이번엔 비 왕, 비 왕, 비 왕, 하고 운다.

울면 쨍하고 맑은 하늘,
깔보는 듯이 무지개 뜬다.

겨울비

"어머니, 어머니, 좀 보세요,
눈이 섞여서 내리고 있어요."
"으응, 내리는구나" 하고 어머니,
바느질하는 어머니.
— 우박 오는 거리를 이따금 지나는 것은,
모두 닮은 듯한 우산뿐.

"어머니, 아직도 일곱 밤 자야,
역시 설날이 오나요?"
"으응, 오고말고" 하고 어머니,
봄옷 꿰매고 있는 어머니.
— 이 진흙탕이 강이라면 좋을 텐데,
넓은 바다라면, 더 좋을 텐데.

"어머니, 배가 지나가요,
찌그덕, 찌그덕, 노를 저으며."
"이런, 바보로군" 하고 어머니,
이쪽을 보지 않는 어머니.
— 쓸쓸하게 대어보는, 왼쪽 뺨에,
차갑고 차가운 유리입니다.

종이별

생각나는 것은,
병원의,
조금 더러워진 흰 벽.

긴 여름날, 온종일,
바라다보며 지낸 흰 벽.

작은 거미집, 빗자국,
그리고 일곱 개의 종이별.

별에 쓰인 일곱 개의 글자,
메, 리, 크, 리, 스, 마, 스, 일곱 글자.

작년, 그 무렵, 그 잠자리에,
어떤 아이가 재워지고,

그 밤 눈 내리는데 쓸쓸하게,
종이별을 오렸을까.

잊히지 않는,
병원의,

벽에 그을린, 일곱 개의 별.

귀뚜라미 산타기

귀뚜르르, 산타기,
아침부터, 꼭두새벽부터 산타기.
　　귀뚤귀뚤 귀뚜르 뚜르르.

산은 아침 해, 들은 아침 이슬.
엄청 높이 튀어 오르지요, 씩씩하지요.
　　귀뚤귀뚤 귀뚜르 뚜르르.

저 산, 꼭대기, 가을 하늘,
차갑게 닿아요, 이 수염에.
　　귀뚤귀뚤 귀뚜르 뚜르르.

한 번 뛰어, 튀어 오르면, 어젯밤에 보았던,
별 어디라도, 갈 수 있어요.
　　귀뚤귀뚤 귀뚜르 뚜르르.

해님은, 멀었어요, 추워요,
저 산, 저 산, 아직도 멀어.
　　귀뚤귀뚤 귀뚜르 뚜르르.

본 듯한 이 꽃은, 백도라지,

어젯밤의 잠자리군, 어이구나, 어이쿠.
　　어영차, 피곤해, 피곤해, 아.

산은 달밤, 들은 밤이슬,
이슬이라도 마시고, 잠들까나.
　　아―아, 아―아, 하품이 나네, 자고 싶어라, 아.

권말 수기

— 되었습니다,
  되었습니다.
  사랑스런 시집이 되었습니다.

스스로 자신에게 타일러도,
마음 붙들지 못하는
쓸쓸함이여.

여름 끝자락
가을도 아직 깊지 않은,
바느질하는 틈틈이 나의 솜씨,
그저 허무한 기분 드나니.

누구에게 보일까,
나조차도, 마음에 차지 않는
쓸쓸함이여.

(아아, 못내,
오르지 못하고 돌아오는,
산의 모습
구름에 가려지고.)

어쨌든
허무함 구태여 알면서,
가을 등불 깊어 가는 사이를,
그저 외곬으로
써 왔네.

내일부터는,
무엇을 쓸까
쓸쓸함이여.

가네코 미스즈 연보

1903년(0세)

4월 11일, 일본 야마구치현 오쓰군 센자키(山口縣大津郡仙崎) 790번지에서 아버지 가네코 쇼노스케(金子庄之助), 어머니 미치(ミチ) 슬하 장녀로 출생. 본명은 데루(テル)로, 두 살 위 오빠는 겐스케(堅助).

1905년(2세)

2월 23일, 남동생 마사스케(正祐) 출생.

아버지가 어머니의 여동생 후지(フジ)의 시가에서 운영하는 서점 우에야마분에이도(上山文英堂)의 지점장이 되어 중국 랴오닝성의 잉커우(營口)로 건너감.

1906년(3세)

2월 10일, 아버지 쇼노스케가 중국 잉커우에서 사망. 남은 가족이 센자키에서 가네코분에이도를 운영.

1907년(4세)

1월 19일, 남동생 마사스케가 시모노세키의 우에야마분에이도의 주인인 이모부 우에야마 마쓰쿠라(上山松藏)의 양자로 입적.

1908년(5세)

4월, 오빠 겐스케 세토자키진조초등학교(瀨戶崎尋常小學校)에 입학.

1910년(7세)

4월, 데루(미스즈) 오빠와 같은 세토자키진조초등학교 입학.

1914년(11세)

3월, 오빠 겐스케가 초등학교 졸업. 이후 서점을 운영하는 어머니를 도움.

1916년(13세)

3월, 초등학교 졸업.

4월, 군립 오쓰여자고등학교(大津高等女學校) 입학.

1917년(14세)

5월, 오쓰여자고등학교의 동창회지 『미사요(ミサヲ)』 제3호에 작문 「눈」 게재.

1918년(15세)

5월, 『미사요』 제4호에 작문 「우리 집 정원」 게재.

11월 8일, 미스즈의 집에 와 있던 이모 후지 사망.

1919년(16세)

5월, 『미사요』 제5호에 작문 「5월 장마」 게재.

8월 26일, 어머니가 이모부이자 남동생의 양부인 우에야마 마쓰쿠라(上山松蔵)와 재혼.

1920년(17세)

3월, 오쓰여자고등학교 졸업. 서점에서 일을 도움.

1923년까지 3년간, 남동생 마사스케가 자주 센자키에 와서 삼남매의 문예 살롱이 이어짐.

5월, 『미사요』 제6호에 작문 「사회 견학기」 게재.

1921년(18세)

8월, 계부 우에야마 마쓰쿠라가 쓰러져 규슈대학부속병원에서 한 달 반가량 시중을 듦.

9월 11일, 남동생 마사스케 작곡을 시작하자 기타하라 하쿠슈(北原白秋)의 시 「짝사랑」의 작곡을 부탁.

1922년(19세)

11월 3일, 오빠 겐스케가 오시마 지우사(大島チウサ)와 결혼.

1923년(20세)

4월 14일, 어머니가 있는 시모노세키로 가서 서점에서 생활. 그 직전에 손으로 만든 노래집 『부서진 피아노』를, 오쓰고등여학교를 퇴학한 친구 다나베 호호요(田邊豊々代)에게 보냄.

5월 3일, 시모노세키시 구로카와(黒川)사진관에서 사진 촬영. 그후 니시노하타초(西之端町)상품관 내의 우에야마분에이도 지점에서 일하기 시작.

5월 23일, 남동생 마사스케 상경. 이 무렵부터 '미스즈'라는 필명으로 동요를 씀.

6월 잡지에 투고하기 시작.

10월 4일, 남동생 마사스케 시모노세키로 돌아옴.

잡지 『동요』 9월호에 「물고기」·「요술방망이」, 『부인구락부』 9월호에 「곡마단 가설극장」, 『부인화보』 9월호에 「장례식」, 『금의성』

9월호에 「채소가게 비둘기」를 발표. 이후 1929년까지 약 90편을 발표. 특히 『동요』 지상에서 사이조 야소(西條八十)에게 높이 평가받고 젊은 시인 지망생들의 동경의 대상이 됨.

1924년(21세)

7월 6일, 센자키로 귀향.

8월 15일, 결혼한 다나베 호호요와 함께 시모노세키로 돌아옴.

『붉은 새』 4월호에 남동생이 작곡한 「무당벌레」 추천됨.

1925년(22세)

5월 18일, 남동생에게 징병검사 통지가 와 계부 마쓰쿠라가 자신의 양부라는 사실을 알게 됨.

7월 21일, 친구 호호요 사망. 이해 후반, 결혼 이야기가 나옴.

동요시인회 발족. 사토 요시미(佐藤義美), 시마다 다다오(島田忠夫), 와타나베 마스조(渡邊增三) 들의 『만주사화(曼珠沙華)』에 참가. 자선시집 『낭간집(琅玕集)』 시작.

1926년(23세)

1월 6일, 남동생 마사스케가 데루(미스즈)의 결혼 이야기를 듣고 건백서를 냄.

이 무렵, 이미 첫 번째 동요집 『아름다운 마을』과 두 번째 동요집 『하늘의 어머니』 완성.

2월 1일, 마사스케 센자키 방문. 다음날 미카미야마(三上山) 기슭에서 마사스케 눈물의 담판.

2월 17일, 우에야마분에이도 점원과 결혼, 서점 이층에서 신혼생활 시작.

『동요』 4월호 특별 모집에서 「이슬」이 1등으로 뽑힘.

4월 2일, 남동생 가출. 이를 계기로 계부이자 남동생의 양부 마쓰쿠라와 남편의 관계가 악화되어 부부는 시모노세키시 오아자세키우시로지손(大字關後地村) 1724번지로 이사.

7월, 동요시인회 회원으로 인정받아 동회편 『일본동요집』에 「풍어」, 「물고기」 게재.

11월 24일, 딸 후사에를 낳음. 시모노세키시 가미신치초(上新地町) 2379번지로 이사.

『애송』 12월호에 「세계 속의 임금님」 발표. 이후 1929년 5월경까지 『애송』에 계속 기고.

1927년(24세)

여름, 시모노세키역에서 사이조 야소를 만남.

8월 12일 할머니 우메 사망.
10월, 구마모토(熊本)에 있는 시댁 방문. 구마모토에서 시모노세키로 돌아와 사촌언니 다카하시 우타코(高橋歌子) 집에서 머묾.
11월, 시모노세키 가미신치초 2379번지에서 남편이 식료품점·완구점을 시작. 그후 발병.
사이조 야소가 엮은 『일본동요집 상급 편』에 「물고기」 게재.

1928년(25세)

3월, 시마다 다다오가 상품관을 방문했지만 와병으로 인해 만나지 못함.
7월, 남동생 마사스케 상경. 취직을 부탁하는 편지를 후루카와 롯파(古川緑波)에게 보냄. 남동생이 떠난 후 남편이 미스즈의 창작 활동과 편지 쓰기를 금지. 마사스케 연말에 문예춘추사에 취직.
『촛대』 9월호에 「눈」을 발표한 후 「햇살」, 「언덕 위에서」 발표.

1929년(26세)

봄, 시모노세키시 가미신치초 119번지로 이사. 여름부터 가을까지 세 권의 유고집 정서(한 질은 사이조 야소에게, 다른 한 질은 마사스케에게 맡김). 시모노세키시 가미신치초 2449로 네 번째 이사. 이후 병상에 누움. 9월 26일부 엽서에 "걸레질을 조금 했더니 또 닷새를 쉬어야 했습니다"라고 씀.
10월부터 딸 후사에의 말을 채집하여 『난킨타마(南京玉)』을 쓰기 시작.

1930년(27세)

2월, 남편과 별거.
2월 9일, 『난킨타마(南京玉)』 중지.
2월 27일, 정식으로 이혼하고 거처를 우에야마분에이도로 옮김.
3월 9일, 시모노세키시 가메야마하치만구(龜山八幡宮) 인근의 미요시사진관에서 마지막 사진을 찍음.
3월 10일, 딸을 빼앗길 것을 두려워하여 수면제를 음독하고 우에야마분에이도 내에서 향년 27세로 생을 마감.
7월, 남동생 마사스케가 문예춘추사를 퇴사하고 시모노세키로 돌아옴.
11월, 남동생이 가스케(雅輔)라는 필명으로 『가네코 미스즈 유작에 의한 소품 시나리오 4편』 집필.

1931년
4월 22일, 계부이자 남동생의 양부 마쓰쿠라 사망. 그후 가스케 다시 상경.
『촛대』 6월호에 가스케가 「가네코 미스즈에 대한 것들」 발표.
『밀랍인형』 9월호에 사이조 야소가 「시모노세키에서의 하룻밤 : 떠난 가네코 미스즈에 대한 추억」을 발표하고 「고치와 무덤」을 소개. 그후 『시를 생각하는 마음』(1936), 『젊은 날의 꿈』(1936)에 수록.
1933년
12월, 가스케 희곡 '자서전 시리즈' 집필 시작. 「보람 없는 청춘」(1933. 2), 「사다코의 결혼」(1934. 3), 「화려한 우울」(1941. 8)을 연이어 발표.
1935년
『소녀구락부』 8~9월호에 사이조 야소가 「내가 좋아하는 시에서」를 연재. 여기에 미스즈의 「소매」·「물고기」·「풍어」 등 일곱 편 소개. 이후 『나의 시작 노트에서』(1936)에 수록.
1936년
『어린이의 세계』 6월호에 「도르래」가, 9월호에 「물고기」가 실림.
1937년
『밀랍인형』 2~3월호에 시마다 다다오가 「박명의 동요시인 가네코 미스즈 씨의 작품」을 연재하며 「흙」·「넓은 하늘」 등 열두 편 소개.
1938년
『사화집 야마구치현 시선』에 「삼나무」, 「흙」 수록.
1941년
남동생 가스케, 『평석 가네코 미스즈 동화집』을 만드나 미완성.
1954년
『일본유년동화전집 7 동요 편』 가와데서방(河出書房) 에 「장례식 날」, 「풍어」 등 열 편이 수록.
1957년
『일본동요집』 이와나미문고(岩波文庫) 에 「풍어」 수록.
1961년
『세계동화전집 18 세계동요집』 고단샤(講談社) 에 「이슬」 수록
1966년
대학 1학년생이던 동요시인 야자키 세쓰오(矢崎節夫), 『일본

동요집』에서 「풍어」를 읽고는 강렬한 충격을 받아 미스즈 찾기를 시작.

1967년

『일본아동문학전집 15 일본동요집』 가이세이사(偕成社) 에 「풍어」, 「이슬」 수록.

1969년

『다이쇼 · 쇼와 초기 명작 24인선 동요』 차일드본사(チャイルド本社) 에 「이슬」 수록.

1970년

가네코 미스즈 동요집 『고치와 무덤』 계절의창시사(季節の窓時舍) 에서 30편의 작품을 소개.

1982년

6월 20일, 야자키 세쓰오가 남동생 우에야마 가스케를 만나 세 권의 유고 동요집과 사진 등을 부탁받음.

9월, 야자키 『아동문예』 임시 증간호에 「가네코 미스즈 : 발견한 세 권의 유고집과 사진」을 발표.

1983년

12월, 『아사히신문(朝日新聞)』이 미스즈의 유고 발견과 전집 발행을 보도.

1984년

2월 28일, 세 권의 유고 동요집이 『가네코 미스즈 전집』으로 JULA출판국에서 간행.

3월 10일, 나가토시(長門市)에서 제1회 가네코 미스즈 추도회 겸 전집 출판 축하회가 열림. 이후 미스즈의 추도회는 현재까지 매년 열리고 있음.

6월 19일, 요시오카 시게미(吉岡しげ美)가 콘서트 「환상의 동요시인 가네코 미스즈의 세계」를 개최. 요시오카는 그후에도 작곡을 계속하여 콘서트를 열고 있음.

8월 31일, 60편이 수록된 가네코 미스즈 동요집 『나와 작은 새와 방울과』(JULA출판국) 출간.

1985년

3월, 도쿄대학교 2차시험문제(국어)에 가네코 미스즈의 「쌓인 눈」과 「풍어」가 인용.

10월, 그림책 『별과 민들레』 우에노 노리코(上野紀子) 그림, JULA출판국 발행.

1986년

8월, 나가토시에 가네코 미스즈 현창회 설립.

1990년

나가토시가 「고치와 무덤」에 '좋은 애는 날 수 있어요'라는 부제를 붙여 고향 멜로디로 지정하여 저녁을 알리는 종소리로 사용하고 있음.

1992년

9월 27일, 유야마 아키라(湯山昭)가 「가네코 미스즈의 시에 의한 아성합창을 위한 에세이. 해바라기의 노래」 발표.

1993년

2월 28일, 『가네코 미스즈의 생애』(JULA출판국) 발행.

4월 7일, 『아사히신문』의 「천성인어(天聲人語)」에서 『가네코 미스즈의 생애』를 소개.

1994년

8월 7일, 니혼텔레비전 「알고 있는가?!」에서 「환상의 동요시인 가네코 미스즈」를 방영.

1995년

8월 27일, NHK스페셜 「마음의 왕국 · 동요시인 가네코 미스즈의 세계」 방영.

12월, 네팔에 미스즈초등학교 개교.

오니시 스스무(大西進)가 CD 「가네코 미스즈 모두 달라서, 모두가 좋아 나와 작은 새와 방울과」를 발표.

1996년

초등학교 교과서에 가네코 미스즈의 시 수록.

1997년

6월, 네팔에 제2미스즈초등학교 개교.

1998년

7월, 야자키 세쓰오 등의 주창으로 도쿄에 가네코 미스즈 펜클럽 '스페이스 미스즈 코스모스' 설립.

1999년

1월, 아사히신문사 주최로 「환상의 동요시인 가네코 미스즈의 세계전」 시작. 시모노세키에서 막을 올려 2001년 9월 나가토까지 전국 12곳을 순회.

6월, 영어로 옮긴 『섬싱 나이스』 발행.

7월, 니시무라 나오키(西村 直記)가 CD 「가네코 미스즈의 세계」, 「노래의 여행」, 「합창의 여행」, 「낭독의 여행」을 발표.
8월, 힌디어로 번역한 『속눈썹의 무지개』 발행.

2000년

5월 27~28일, 하야사카 아키라(早坂曉)가 각본을 쓰고 연출한 연극 「그날 사진관에서」 공연. 이후 「최후의 사진관」으로 모습을 바꾸어 계속되고 있음.

2001년

2월, 중국어로 옮긴 『별과 민들레』 발행.

5월, 도쿄 예술좌에서 이시이 후쿠코(石井ふく子)가 연출한 연극 「하늘의 어머니. 동요시인 가네코 미스즈와 그 어머니」 공연.

8월 27일, 텔레비전 드라마 「밝은 쪽으로, 밝은 쪽으로」(이시이 후쿠코가 프로듀스)가 TBS에서 방영. 이가라시 쇼(五十嵐匠) 감독의 영화 「미스즈」 공개. 10월부터 일본 전국에 공개.

2002년

2월, 「나카지마 기요시(中島潔)가 그리는 가네코 미스즈 : 눈길」(아사히신문사 주최)이 전국을 순회. 탄생 1백 주년 기념사업 시작.

2003년

4월 11일, 나가토시립 '가네코 미스즈 기념관' 개관. 기념우표 '가네코 미스즈와 고향 나가토'를 전국에서 발매.

4월 11일, 『난킨타마 : 딸 후사에 3세의 언어 기록』(JULA출판국) 발행.

4월, 프랑스어로 옮긴 『가네코 미스즈 시초 : 하늘은 역시 파랬습니다』 발행.

10월, 독일어로 옮긴 『대역 가네코 미스즈』 발행.

11월 16일, 탄생 1백 주년 기념 콘서트 「모두 달라서, 모두가 좋아」 개최.

2004년

3월 10일, 『가네코 미스즈 동요전집』(JULA출판국) 전 6권 완결.

3월, 네팔어로 옮긴 『별과 민들레』 발행.

12월 30일, 아사히신문사 주최 「생명과 마음의 우주 동요시인 가네코 미스즈전」 전국 5개 도시 순회.

2005년

1월 1일, 『동요 · 소곡 낭간집』(JULA출판국) 발행. 이로써 미스즈의 유고 수첩 출판 완결.

2006년

폴란드어로 옮긴 『나와 작은 새와 방울과』 발행.

2월, 한국어로 옮긴 『나와 작은 새와 방울과』(도서출판 소화) 발행.

몽골어로 옮긴 『사랑과 빛 : 가네코 미스즈』 발행.

2007년

1월, 중국어로 옮긴 『밝은 쪽으로』 발행.

9월, 하마 게이스케(濱圭介)가 CD 「미스즈의 노래」 발표.

2010년

3월 24일, 마이니치신문사 주최 「사후 80년 가네코 미스즈 전 : 모두 달라서, 모두가 좋아」 개최. 전국 11개 도시 순회. 나카시마 기요시가 교토의 기요미즈테라(清水寺)에 봉납한 후스마에• 중 한 장이 「풍어」를 모티프로 한 것임.

2011년

2월, 페르시아어로 옮긴 『나와 작은 새와 방울과』 발행.

3월 11일, 동일본대지진. 직후부터 AC재팬의 광고로 「메아리 신가요」가 전국에 흘러 나감.

2012년

7월 9일, 텔레비전 드라마 「가네코 미스즈 이야기 : 모두가 달라서, 모두가 좋아」(이시이 후쿠코가 프로듀스) TBS에서 방영.

2013년

4월 11일, 탄생 110년.

• 襖絵. 맹장지에 그린 그림

옮긴이의 말

가네코 미스즈의 시집을 만난 것은 1994년 2월 일본에 처음 갔을 때 와세다대학 근처의 어느 작은 책방에서였습니다. 그때의 감동은 세월이 많이 흐른 지금도 잊을 수 없습니다. 그동안 참 많은 길을 걸었습니다. 한국에서 일본으로, 일본에서 한국으로, 낯선 도시의 길을 지나기도 하고, 민들레가 지천으로 피어 있는 시골의 들길을 걷기도 했습니다. 저녁 햇살이 고즈넉하던 아스카마을에서 나라로 그리고 교토로 가던 길……. 길은 한국에서 일본으로, 일본에서 한국으로 끝없이 이어져 있었습니다. 그런 수많은 길을 걸으면서 가네코 미스즈의 시를 잊지 않고 있었습니다. 그의 조그만 시편들은 오랫동안 내 여정의 길벗이었습니다. 한 편, 한 편, 그의 시들을 나의 모국어로 옮겨 적으면서 늘 새로운 길을 걷는 것만큼이나 행복했습니다. 그 시들이 나의 모국어로 옮겨져서 낯선 산길의 들꽃처럼 다시 피어나는 모습을 바라보는 것은 얼마나 기쁘고 가슴 조마조마한 일이었는지 모릅니다.

작고 연약하지만 또렷하게 피어나 초롱초롱한 눈빛으로 바라보는 그 생명력. 시대와 공간을 뛰어넘어 다시 살아나서 영롱한 꽃으로 피어나는 시 정신. 그것은 모든 살아 있는 존재에 대한 따뜻한 사랑의 마음일 것입니다. 하늘, 바다, 산, 섬, 구름, 돌멩이, 골목길, 작은 개미 한 마리……

이 세상의 모든 존재를 따뜻한 빛으로 비추어 주는 하느님의 마음에 닿아 있기 때문일 것입니다. 나는 가네코 미스즈의 시 512편을 우리말로 옮기면서 공자님이 『시경』의 시 3백 편을 일러 하셨다는 '사무사(思無邪)'라는 말이 자꾸만 떠올랐습니다.

가네코 미스즈의 시는 2006년 『나와 작은 새와 방울과』(도서출판 소화)라는 책으로 우리나라에 처음 소개되었습니다. 60편이 담긴 작은 시선집이지만 그동안 많은 분이 이 책을 사랑해 주셨고, 그로 인하여 '가네코 미스즈'라는 이름을 아는 한국 사람도 꽤 생겼습니다.

한국어판 『가네코 미스즈 전집』은 1984년 일본의 JULA 출판국에서 간행한 『가네코 미스즈 전집(金子みすゞ全集) I~III』을 텍스트로 삼았습니다. 한국어로 옮기면서 혹시 원작이 지닌 시로서의 의미와 울림에 손상이 가지 않을까 조심조심 정성을 들였습니다. 그러나 새로 갈고 닦을수록 점점 빛이 나고 단단해지는 모습을 보면서 아직도 다듬어야 할 부분이 많이 남아 있다는 걸 느낍니다. 부디 그의 사랑스런 시편들이 이곳 우리나라의 땅에 뿌리내려 산과 들에 그리고 도시의 예쁜 진열장에서 한 송이의 꽃으로 피어나기를 소망합니다.

아쉬운 점은 원저는 세 권으로 되어 있으나, 한국어판 『가네코 미스즈 전집』은 여러 사정으로 두 권으로 편집할 수밖에 없었다는 것입니다. 그러나 원저에 수록된 512편 모두를 순서도 바꾸지 않고 그대로 담았습니다.

이 책을 출판할 수 있도록 지원해 주신 일본국제교류기금에 감사드립니다. 그리고 JULA출판국의 오무라 유코(大村裕子) 님과 이 책을 위해 특별히 한국어판 서문을 써주신

야자키 세쓰오(矢崎節夫) 님께 감사드립니다. 그리고 초등학교 적 나의 담임선생님이신 아동문학가 소산(蘇山) 임원재 선생님, 성공회대학교의 강인선 교수님, 출판계의 어려운 사정에도 불구하고 이 책을 직접 기획 · 편집하여 출판해 주신 소화출판사의 모든 분께 고마움의 뜻을 전하고 싶습니다.

2015년 새봄을 맞으며

서승주

가네코 미스즈 전집 2

억새와 해님

초판 1쇄 발행 2015년 2월 17일
초판 2쇄 발행 2018년 5월 8일

지은이 가네코 미스즈
옮긴이 서승주
발행인 고화숙
발행처 도서출판 소화
등 록 제13-412호
주 소 서울시 영등포구 버드나루로 69
전 화 02-2677-5890(代)
팩 스 02-2636-6393
홈페이지 www.sowha.com

ISBN 978-89-8410-478-5 04830
978-89-8410-476-1(세트)

값 13,500원

이 책의 국립중앙도서관 출판시도서목록은(CIP)
서지정보유통지원시스템 홈페이지(http://seoji.nl.go.kr)와
국가자료공동목록시스템(http://www.nl.go.kr/kolisnet)에서
이용하실 수 있습니다. (CIP제어번호 : CIP2015004187)